文春文庫

SLやまぐち号殺人事件

十津川警部シリーズ

西村京太郎

文藝春秋

目次

初出誌　「オール讀物」
（令和3年8月号、9・10月合併号、11月号、12月号、
令和4年1月号、2月号）

単行本　令和4年8月　文藝春秋刊

DTP制作　エヴリ・シンク

SLやまぐち号殺人事件

十津川警部シリーズ

第一章 恋文と消えた列車

1

これは、二〇二〇年の穏やかな九月に始まった事件である。

政府はこの年、五月二十五日に緊急事態宣言を解除し、その後、ＧｏＴｏトラベルを発表したが、ゴールデンウィークには間に合わなかった。一方、秋に入って、コロナの感染者数は、少しずつ減ってきた。

久しぶりに休みを取れた亀井(かめい)刑事は、ステイホームを決め込んだのだが、小学六年生の息子の退屈そうな顔を見て予定を変えた。旅行に連れて行くことにした。

休みは丸三日。

「二泊三日で行きたい所があるか？」

と、息子に、いった。

鉄道マニアの息子だから、今はやりの観光列車に乗りたいとか、新しい鉄道博物館に行きたい、とかいうのだろうと思ったのに、息子は、

「ハイセンを見に行きたい」

と、いうのである。

「ハイセン？」

と、亀井はきいた。

「地方鉄道は、殆どみんな赤字なんだよ。第三セクターにしても、赤字はなくならない。そのうちに廃線になってしまう。今、その廃線を見に行くのが、流行っているんだ」

「最近まで、秘境駅めぐりに興味があるといってたのに、今度は、廃線か」

小学六年生の息子は、急に大人びた顔をした。

「日本はね、新幹線とか、リニアとか、世界の先端を走ってるけど、地方の村なんかに行くと、人々の足になってる鉄道が赤字続きで、消えていくんだ。リニアなんか走らなくてもいいから、毎日乗る鉄道は大事にした方がいいんだ」

多分、雑誌とか、テレビで見たものの受け売りだろうが、亀井は、久しぶりに息子と話し合って、嬉しくなった。

「それで、何処へ行きたいんだ？」

と、きいた。

「山陰本線につながっていた浜京線という地方鉄道があったんだ。一時間に一本しかない鉄道だけど、日本一のきれいな川が流れていたりして、乗りたいと思っていたら、突然、廃線になってしまってね、今、どんな状態なのか、見に行きたいんだ」

「浜京線か」

地図を調べてみると、山陰本線の戸田小浜という駅から、出ている地方鉄道である。どうやら、日本海側の町から南下して、山口から津和野、益田を結ぶ、ＪＲ山口線とつながる予定だったらしい。

おそらく、資金不足で、その途中で止ってしまったのだ。そこが島根県との県境、山口県の東部の「京川村」という場所で、浜京線という名前が、ついたのだろう。

そう思って、念のために、亀井が調べてみると、事情はかなり複雑だったことがわかった。

戸田小浜駅は、島根県だが、京川村は山口県に属している。

京川村としては、山陰本線の海辺の町へと繋がる鉄道を通すことを決めて、十年前、戸田小浜駅―京川駅の路線が完成した。

ところが、京川村の代々の地主の娘・柿沼美代子が、京川駅から、JR山口線の「名草」まで鉄道を延長したい、と考え、活動していた、というのである。

娘の美代子だけでなく、かつてはその父親も死に物狂いだったという。

どうして、山口線の名草駅とつなごうとするのか。その理由は、わからなかったが、先祖代々、受け継いできた田畠をきれいに売り払い、その金を京川―名草間に、線路を敷くことに注ぎ込んだらしい。

京川村の村議会に働きかけ、JR西日本の社長にも、懇願した。だがしかし、路線は戸田小浜―京川に決ってしまい、その浜京線も赤字続きで、山口線の名草まで延ばすどころではなく、遂に、廃線になってしまったというのである。

柿沼美代子は、廃線が決った後に、自殺していた。

二年前の二〇一八年のことだった。

もちろん、こんな話を小学生に話しても仕方がないので、亀井は、浜京線の歴史や、山口線との関係について何も話さずに、息子を連れて、新幹線に乗った。

2

現在、コロナ対策は、政府部内や、各都道府県でもバラバラなので、旅行する者には、受け入れてくれる地域もあり、ありがたかった。

京都や大阪のように、ＧｏＴｏトラベルで客を呼ぼうとしているところもあれば、そうではないところもある。

それに、新幹線だって、一般の列車だって毎日きちんと走っている。旅行するのを誰も止めたりはしないのである。

今日も、いつもより乗客は少いし、乗客は、全員がマスクをしている。マスクをすることさえ、気にしなければ、京都まで、安全に乗せてくれる。

「のぞみ85号」は、時刻表どおり十二時六分に京都に着いた。

いつもは、定刻通りに着くことに、何の不思議さも感じなかったのが、コロナで、連日のように、多くの人が亡くなっていることが報道されている。それでも、定刻どおりに列車が動くと少しばかり、薄気味わるくもなってくる。このままいけば、コロナ下でも無事に年を越し、正月を迎えられそうである。

キヨスクでは、ちゃんと駅弁を売っていた。

亀井は、息子の好きな駅弁を買い、十二時二十五分発の特急「はしだて5号」に乗る。

山陰本線は、幹線といいながら、本数は少いし、特急「はしだて」は四両、「スーパーいなば」「スーパーおき」は、たった二両編成である。

とにかく、目的地の戸田小浜まで、乗り換えせずに、一列車で行くことはできないのだ。それに、小学生の息子と一緒だから、適当に休む必要もある。

そこで、京都から戸田小浜までの間で、一泊することにして、その場所は、息子に決めさせた。

息子が選んだのは、鳥取だった。砂丘はまだ行ったことがないので、見たいというのである。

亀井は、ほっとした。

やたらに、大人っぽいことをいうので、ちょっと心配していたのである。

鳥取で一泊。

翌日早めの朝食のあと砂丘を見に行き、午前九時二十九分鳥取発の特急「スーパーおき3号」に乗った。

益田駅で乗り換えて、目的の戸田小浜に着いたのは、十三時二十一分である。

秋九月の山陰だった。

すでに、風は冷たい。

冬なら、山陰は、「カニ」づくしだろう。しかし、今は、カニの季節にはまだ少し早く、秋あじや、松茸の宣伝で一杯だった。

そして、嫌な言葉だが、コロナ。

亀井父子が見に来た「廃線・浜京線」は、山陰本線の戸田小浜駅から、始まっていた。

廃線になってから、駅周辺の線路は撤去されていた。仕方がないので、線路が残っている場所までタクシーをチャーターすることにした。そして、浜京線三十五・二キロをめぐることを考えた。

戸田小浜駅前で、地元の個人タクシーを拾い、貸し切りにしてもらった。

二年前に廃線になった「浜京線」に沿って終点の京川駅に向って走って貰う。

駅の数は、十一。

時々、息子が、人の気配の消えた駅のホームを見たがるので、運転手に声をかけて立ち寄って貰った。

小さな箱みたいな駅舎が殆どである。コンテナの駅舎もある。どの駅も半分こわれていた。

列車が走っていた時も、殆どが無人駅だったろう。そのため、駅舎がこわれていくのも早かったのだ。

息子は、写真を撮りまくっている。

「このあと、線路を潰して、道路にして、定期バスを走らせるんだろうな」

亀井は、直線の多い、線路を見渡した。

「そうだよ。乗客が少くて赤字で潰れたんだけど、住民はいるんだから、早く、バスを走らせないとね」

「路線バスの予定はないの？」

亀井が、タクシーの運転手にきいた。

「二つのバス会社のどちらかが走らせる筈だったんですが、今回のコロナさわぎで、どちらの会社も、迷っているそうです。赤字は間違いないわけですから」

小柄な運転手が、いった。

二人は、タクシーに先に行って貰うことにして、次の駅まで、歩いて見ることにした。

サビついたレール。

雑草が、茂っている。

周辺にも人の姿はない。そんな時間なのだ。

息子は、子供らしく、レールの上を歩く。時々、落ちそうになって、喚声(かんせい)をあげている。

前方に、トンネルが見えてきた。

トンネルのところだけ、小さな山になっていて、林が広がっている。

トンネルの中は暗い。息子は持参した懐中電灯を点(つ)けた。何か楽しそうだ。

終点の京川駅に着く。京川村の北にあった。

この駅舎はまだ残っていて、駐車場と店があり、おみやげを売っていた。駅員が寝泊りしていた部屋も、綺麗に使われているようだった。

「これまで、浜京線をご利用頂きありがとうございます。その愛好者の皆さまに、ささやかなお礼として、記念品を作りました」

と書かれた大きな看板が立ててあり、地元の女性二人がアルバイトで記念品を販売していた。

記念品は、浜京線に使われていたレールを、十センチと、十五センチに切断して文鎮にしたものだった。

鉄路(レール)とすぐわかる武骨な文鎮で重い。

「売れますか？」

と、きくと、二人の売り子は、ニッコリして、

「おかげさまで」

という。

短い方が一万円、長い方が一万五千円、どちらも「浜京線記念」の刻印が、入っている。高いのか安いのかわからない。

とにかく、レア物なので、一万円の方を息子に買い与えてから、売り子の女性に、

「この京川村には、必死で、浜京線を守ろうとした女性がいたそうですね？」

と、きいてみた。

「ああ、柿沼美代子さんでしょう」

「彼女の話を聞きたかったら、村の何処へ行けばいいのかな？」

「そうですね、京川寺の和尚さんかしら。柿沼美代子さんのお墓がある寺の和尚さんです」

と、二人の娘はいい、簡単な地図を描いてくれた。

その地図をタクシーの運転手に渡して、行って貰うことにした。

山の中腹にある古刹である。つまり、田舎の古びた名もない寺だということである。

住職は少し猫背の老人だった。それでも、声だけは大きかった。

息子に、住職の話を聞かせても仕方がないので、寺の裏で飼っているニワトリや豚と遊ばせておいて、住職の話を聞いた。

住職は、柿沼美代子の墓の所に亀井を案内した。

「彼女の父親は、京川村の代々の地主で村長だった。村では京川村に駅を作って、日本海側の山陰本線か、南側の山口線とつなげようとした。柿沼父娘は、山口線の名草駅とつなぐ路線にしたかった。そうなれば名京線になるはずだった。ところが、他の連中が、柿沼父娘を裏切って、山陰本線の戸田小浜駅とつなぐことに決めてしまった。柿沼村長は、絶望して自殺してしまった」

「しかし、山陰本線だって、山口線だって、同じＪＲでしょう。どちらとつながっても、同じじゃないですか」

亀井がいうと、住職は、西の方に眼をやったまま、

「あんたは、所詮、他所者(よそもの)だ。柿沼父娘の本当の気持は、おわかりにはならんだろう」

「わからないから、教えて下さい」

と、亀井は、いった。息子のお供でやって来たのだが、少しずつ、この地区の廃線に、興味を持ち始めていた。

住職は、亀井のその質問には、答えず、

「とにかく、柿沼父娘は、山口線の名草駅と、結びつけたかったんだよ。娘の美代子は、父親が死んでからも、浜京線のことは仕方なく認めたうえで、名草駅まで延伸することに拘(こだわ)って走り廻っていた。先祖代々の田畠を売り払って、その金を使ってね」

「その理由を聞かせてくれませんか」

「百五十年近い歴史の積み重ねだから、他所者のあんたに話してもわからんだろう」

と、住職は、教えてくれそうもない。

「美代子は、自分ひとりで、この京川駅から、山口線の名草駅に向って、勝手に線路(レール)を敷こうとしていたんだ。そんなことをしたって、営業許可が下りなければ、列車は走らないのに、それだけ、必死だったんだろうな」

「ひとりで何キロの線路を敷いたんですか?」

「二・一キロと八十センチかな」

「その先頭は今どうなってるんですか?」

「それは、自分で、確認されたらどうだ？　あと少ししたら、何もかも無くなってしまうからな」

と、住職はいう。教えてくれないことに、腹が立ったが、逆に、興味も強くなって亀井は、息子を連れ、タクシーを伴走にして、二・一キロと八十センチを歩いてみることにした。

しばらく、清流の京川に沿って、線路が続く。と、いっても、雑草と生い茂る木で、線路はかくれてしまっていて、それを探すようにしながらの歩きだった。

(自然は、鉄道の痕跡を隠してしまう)

「あれ？」

息子が、足を止めた。

「線路が、失くなっているよ」

確かに、途中で、レールが失くなっていた。

「あ、わかった」

と、息子が、ひとりで肯いて、

「ボクが買って貰った文鎮を沢山作るんで、レールが、必要なんだ」

「そうかもしれないな。あの文鎮に化けてるんだろう」

と、亀井は、いった。が、心の何処かで、違うなという気がしていた。

寺の住職は、百五十年の歴史だから、他所者にはわからないと、いっていた。だとすれば、みやげものの文鎮を作るために、途中のレールを外したというのは、少し違う気がしたのである。

少しずつ、暗くなってきて寒さを感じるようになってきた。

前方に、標識が見えた。

いかにも、手作りとわかる掲示板である。

何が書かれているのか、周囲が暗くなっていてよく見えない。亀井は息子の懐中電灯を借り、その明りで、読んだ。

「二〇一八年、四月十四日、柿沼美代子は、この地点において、死亡した。京川駅から、ここまで、二・一キロと八十センチ。レール、釘などを自ら用意して、敷設するとは、その行為は、壮にして哀切の極みである。

ここに、贈り名して、厚くとむらうものである。

名京線熱望信女

京川寺の一坊主記す」

標識の前には、板が敷かれ、

「この板の上にて、矢印の方向に向って立てば、その方向に、柿沼美代子が、目標としていたＪＲ山口線の名草駅がある」

と、書かれていた。

亀井は、その方向に向って立ってみた。

丁度、陽が沈むところだった。

夕焼けである。

四十五歳の亀井は、事件の捜査で東京以外にも動くことがあり、日本各地で、さまざまな夕焼けを眼にしてきた。

そんな中で、今眼にしている夕焼けが、壮大というわけでも、特別美しく見えるわけでもなかった。

ただ、この先にある山口線の名草駅に、無性に、行ってみたくなった。

「山口線の名草に行ったことがある？」

と、タクシーの運転手に、きいてみた。

「山口線に乗ったこともあるし、山口にも行ったこともあるから、ナビを見ながら行ってみます」

「じゃあ、行ってください」

と、亀井は、いい、タクシーに乗ると、眼をつむった。

息子は、おみやげの文鎮を、黙って、いじっている。

(百五十年の歴史といっていたな)

と、亀井は、思った。

幕末か、明治維新の頃である。

京川寺の住職の口振りでは、百五十年の怨念みたいな感じだった。

(しかし)

と、思う。

ここは、山口県(長州)である。明治維新では、薩摩、土佐と並ぶ勝者だった筈だ。

以来、会津を含む徳川方に対して、勝者であり続けたのだ。

それなのに、「百五十年の怨念」とは、いったい何なのだろう。

3

「それで、何かわかったのか?」

と、十津川警部が、きいた。

「結局、私の乏しい知識では、何もわかりませんでした」

「名草駅というのは、どんな駅だった？」

「小さな、山の中の駅でした。泊る所もなかったので、山口線で山口駅まで行って、駅前のホテルに泊って、帰ってきました。これが、息子に買ったおみやげの文鎮です。警部にお見せしたくて、息子から借りて来ました」

その文鎮を机の上に置いた。

「かわいらしいな」

と、十津川は手に取ってから、

「カメさんは、山口線に乗ったのは、今回が初めてか？」

「初めてです。警部は？」

「私は、二十年くらい前に、仕事ではなく、何かの関係で、ＳＬやまぐち号に招待されて乗っている。今でも、ＳＬやまぐち号は、走っているんだろうか？」

「もちろん、走っています。有名な蒸気機関車Ｃ57－１に牽引されているようです」

と、亀井が、急に乗り出してきて、

「その美しさから、貴婦人と呼ばれる機関車です」

「急に熱心になったね」

「実は、銀座の有名な天賞堂で、息子に頼まれて、ＳＬやまぐち号のＮゲージの模型を買って来ましてね。それを、見せたくて、うずうずしていたんですよ」

と、いい、机の上に、ＳＬやまぐち号のＮゲージ模型を置いた。

貴婦人と呼ばれるＣ57－１機関車に、牽引された五両の客車である。

最後尾の５号車は、展望デッキの付いたいわゆる展望車である。

鉄道模型の話になると、男たちは、必ず寄ってくる。案の定、男の刑事たちが集ってきた。が、女性刑事の北条早苗（ほうじょうさなえ）も、のぞいている。目ざとく見つけて、

「君も、鉄道模型に興味があるのかな」

と、十津川が声をかけると、

「実は、八丈島に住んでいる親戚がいるんです。それが大の鉄道模型好きで、天賞堂に新しい模型が入ると、わざわざ、銀座まで出てくるんですけど、間に合わないと、私に電話してきて、すぐ天賞堂で買って、送ってくれというんです」

「それで、時々、行くようになった？」

「はい」

「それで、君も鉄道模型が好きになったか？」

「少しは。でも天賞堂へ行くのは、楽しみだったんです。昔から」

「どうして？」

「現在は別のビルに移転したんですけど、以前の天賞堂ビルには、美しい貴金属の売り場があったんです。だから私はあのビルは一階から、ゆっくり見ながら、四階まで行っていました」

と、いって、北条早苗刑事は、笑った。

鉄道模型好きで、天賞堂ファンの男の刑事の中には、十年にわたって、天賞堂に行きながら、着くやすぐ、四階行きのエレベーターに乗ってしまうので、貴金属売り場に行ったことは一度も無い者が多かった。

そんな和やかな雰囲気の中で、二〇一七年に新しくなったＳＬやまぐち号の模型の話になった。

「私が初めてＳＬやまぐち号に乗った時は、これとは、かなり違った列車だったよ。客車は、同じく1号車から5号車まであったが、もっと重厚な感じで、1号車は展望車、2号車は欧風客車、3号車は昭和風客車、4号車は明治風客車、5号車は大正風客車と呼ばれていてね。やたらにシックなレトロ調を狙っていたが、新しい模型を見ると、レトロ調は同じだがずいぶん、すっきりしているね」

と、十津川は、いう。

「警部が乗られた頃のやまぐち号の客車は、古い客車の内装を改造したものだったと思います。それが、車体も古くなってきたので、二〇一七年に、全く新しく、35系というレトロな型の客車を製造したそうです。レトロ調だが、新造客車です」

「それで、全体が、すっきりしているんだ」

「その上、1号車は、グリーンにして、展望デッキもついて、定員も、他の客車よりも、二十三人とかなり少なくなっています」

「確かに、1号車以外は、座席も木製の昔風に作られていますね」

刑事たちは、楽しそうに模型の車内を覗く。

「1号車はグリーン車だけに、赤いソファも椅子も豪華だし、とてもゆったりとした造りだ」

「2号車から4号車は、レトロ調で固い造りだが、紺色のシートと、木製の枠やテーブルがマッチしていて、シックだね」

「5号車は、展望デッキが、やたらに広いね。1号車より広いね。私なら、1号車よりこっちに乗りたい」

「その1号車は、外側に白い線が入ってるな」

「何ですか？　この白い帯は？」

「君たち若者は知らないだろうが、戦前の一等車には、白い線が車体に入っていたんだよ」

年長の亀井が、得意そうにいう。

「他にもレトロ調だが、新しい便利な設備は、どの客車にも備(そな)わっているんだ。例えば、5号車には授乳もできる多目的ルームが備っているし、3号車には、子供用のゲームスペースもある」

「C57－1という機関車の番号も大事なんでしょう」

「このやまぐち号のC57形機関車は、昭和十二年から造られたものなんだが、特に、C57－1という番号が自慢なのは、C57形の一号機だということだからだ。同じC57形が磐越西線(ばんえつさいせん)を走っていて、名前は『SLばんえつ物語』だが、こちらは形式称号がC57－180で、百八十番目の製造とわかる。つまり栄光の一番目の製造のC57－1には、及ばないわけだよ」

と、亀井が、自慢気に、説明する。これは、小学六年生の息子の受け売りである。

「次の休みには、息子さんを、山口に連れて行って、SLやまぐち号に乗せてやりたいんだろう」

十津川はこういって、SLやまぐち号の模型と、亀井の顔を見比べるように見た。

「息子は、すぐ乗りたいといっていますが、そんなに甘えさせていいものか、考えています」

その中に、模型用のレールを、円形につないでいって、Nゲージのやまぐち号を走らせるところまで進んだ。

SLやまぐち号が、実際に走っている区間は、新山口―津和野間で、山口線の終点の益田までは行っていない。

これはやまぐち号を、方向転回出来るのが、転車台のある津和野駅だけだからである。

そんな説明を亀井がしながら、小さな円形のレールの上をNゲージのSLやまぐち号を走らせている中に、時間が過ぎていった。

4

それから、一週間が過ぎた。

亀井刑事は、息子に、NゲージのSLやまぐち号を、買い与えたが、やまぐち号に乗るために、山口県には連れて行ってはいない。

他の刑事たちは、十津川も含めて、事件に追われてSLやまぐち号のことを、忘れていった。

　そんな時、亀井は、思わぬ手紙を受け取った。

　京川寺の住職からである。奇妙な内容の手紙だった。

「先日は久し振りに楽しかった。

　感謝。感謝。

　さて、柿沼美代子に興味を持たれたなら、彼女の恋文八通を保管しているので、お譲りしたい。

　相手は、あの高杉晋作である。もちろん、時代が違うので、彼女にとっては、永遠の恋人であり、その心の恋人に、ある秘密も打ち明けているのだ。内容には必ず興味を持たれる筈。

　ただ、わが京川寺は傷みが激しく、雨もりも防げぬ有様なれば、応分の浄財を頂ければ、有難い。

京川寺の坊主記す」

（困ったな）

と、亀井は、とっさに思った。

柿沼美代子という女性には興味がある。どんな恋文を高杉晋作に書いているのかにも関心がある。

ただ、いくら払ったらいいのかがわからないのだ。

内容も知らずに大金を払うのは、おかしいし、といって、瓦一枚分では、雨風は防げないだろう。

迷っていると、十津川が、声をかけてきた。

亀井が話すと、

「現代の女性が、維新の英雄に送った恋文というのは、面白いじゃないか」

と十津川が、いった。

「確かに、興味があるんですが、荒寺の屋根の修理にいくらの浄財を寄附したらいいかわからなくて、弱っています」

「まあ、百万円かな。その寺は、何宗なんだ?」

「確か曹洞宗だったと思います」

「その宗派なら大丈夫だ。うちの奥さんが、喜んで出してくれる」

「しかし――」

「私も、その恋文を読みたい。だから、君が代表して、買い取ることにしたらいい」

十津川はすぐ、妻の直子に電話をかけ、問題の恋文八通は、資産家の十津川警部の妻、直子のポケットマネーで、買い取られることが、あっさり決ってしまった。

百万円の寄附で、問題の恋文が、送られてきた。

日付順に一通ずつ重ねてあった。それも、全て墨で綴られている。達筆である。

柿沼美代子は、今から二年前、京川駅から二・一キロと八十センチのところで四月十四日に亡くなったと、亀井は聞いている。

四月十四日は、高杉晋作の命日である。

その前年から約一年間の間に、柿沼美代子は、八通の恋文を、永遠の恋人、高杉晋作に書いていたのだ。

いったい何を訴えようとしていたのか。

十津川も、亀井も、そのことに興味があった。彼女が恋愛感情だけで、高杉晋作に手紙を書いていたとは思えなかった。高杉晋作の短い生涯の中で、彼は、戦い続けて、疲れ果てて死んでいる。

そんな男に向って恋だの愛だのを語ったとはとても考えられないのだ。だから手紙で何を訴えたかったのか興味がある。

一通目の手紙を開いてみる。

「高杉晋作様

私の家系は、昔風にいえば、長州藩の京川村の庄屋を代々やっております。

亡くなった父も、京川村の村長を長く務めていましたが、何かというと、我が家には、命より大事なものがあると、自慢していたのです。それは一通の書状です。

『この度の戦いに際し、肝心の武士たちは萎縮して頼みにならず、真に頼みとするのは、お主たち長州を愛する村人のみ。お頼み申す。お頼み申す。

京川村有志殿

奇兵隊　高杉晋作』

と、書かれていました。私たち長州人にとって高杉晋作という方は、神様のような存在です。その上、士農工商の身分差の厳しかった時代に、農民の曾祖父に、こんな優しい書状を下さった高杉晋作様は、どんなに素晴しい方だろうかと考えている中に、ひそかに、お慕いする気持になって参りました。

私は、今亡くなった父の志を継いで、生れ育った京川村を盛り上げたいと願っています。

父は鉄道好きでしたので、京川村に駅を造り、山口線の名草駅あたりと繋げたらと考え、村の有志を集めて、東奔西走しておりました。

ところが、信頼していた仲間の中に、ひそかに、父たちを裏切って山陰本線の戸田小浜駅との間に、浜京線建設を決めてしまった者たちがいたのです。そのため、多額の金が動いたといわれます。

父は絶望し、激高しました。

山口線も、山陰本線も同じJRだから、いいではないかという人もいましたが、父にとっては大違いなのです。

父は、短気なので、JR西日本本社に抗議のために押しかけたり、浜京線賛成派と口論し、殴りかかって、警察のご厄介になったりもしました。

しかし路線変更の願いは叶わず、浜京線開通が決まると、自殺してしまいました。

私は、父のあとを継いで、その志を生かすために、戦っているのですが、味方らしき人は殆どおりません。こんな時に、傍に晋作様がいて下されば、どんなにか、頼もしいだろうと考えてしまいます。

浜京線は、もう、廃止するわけにもいきませんので、私としては、京川駅の先に線路を延ばして、山口線の名草駅とつなげればと思っています。しかし、浜京線自体も赤字ですのでＪＲは耳も貸してくれません。その上、父が全財産を使い果してしまったので軍資金もありません。

それでも、私は、父の願いだった京川村と、山口線を結ぶ路線を実現したい。そのため、私は必死で、資金を集め、同じ志を持つ人を探しています。

今、晋作様のような方が、身近かにいたらと、つくづく口惜しい思いをしております。

高杉晋作様。

私に、愛と力を与えて下さい」

これが、一通目の恋文だった。

この中に出てくる高杉晋作の手紙の「この度の戦い」というのは、幕府軍による第一次征長戦と思われる。

当時京都は、会津、薩摩、長州の三藩が警護に当っていた。

それが、突然、会津と薩摩が共謀して長州軍を追放したのである。長州は久坂玄瑞（くさかげんずい）

たちが、それに怒り、京都へ攻め上ったが、会津、薩摩の連合軍に蛤御門の戦いなどで敗れてしまう。久坂玄瑞は、そのため自害。

幕府は、この時とばかり、征長の軍を起こす。

それに対する長州藩は最初から弱気だった。特に、上士と呼ばれる上級藩士たちは、いわゆる恭順派と呼ばれて、戦意をなくしていた。

そんな中で、高杉晋作は、下級藩士たちや町人、農民たちで奇兵隊を作り、攻撃の機会を狙っていた。

その後、奇兵隊は、晋作の指揮で、恭順派を叩きのめして、藩の実権を握ってしまうのだが、奇兵隊を作った頃は、誰一人、晋作が勝つとは思っていなかった。

晋作に兄事していた福田俠平という下士などは、

「今戦うのは、犬死でござる」

といって、晋作を制止したといわれている。それほど晋作も、奇兵隊も信用されていなかったのである。

この時、泣いて出陣を止めようとする福田俠平に対する晋作の対応が面白い。叱りつける代りに都々逸を贈るのである。

これを受けて愛弟子が、どう感じたかはわからない。

武士で、和歌を詠む者は多いが、都々逸は、あまりいない。

晋作の都々逸で、一番有名なのは、

「三千世界の烏を殺し、主と朝寝がしてみたい」

だが、この奇矯さが、人を引きつけるのかも知れないし、女性に魅力的に映るのかも知れない。

十津川が、二通目の「恋文」を読もうとした時、電話が鳴った。

刑事部長室からだった。

「山口県内のＪＲ山口線で事件発生。今のところ当方とは、関係ないと思うが、一応、注意せよ」

二〇二〇年九月二十八日、午前十一時四十分である。

5

東京の事件でなければ、一応警視庁とは関係ないが、東京は、何しろ、人口一千数百万人の巨大都市である。

地方で起きた事件だとしても、東京都民が関係していれば、警視庁の事件になってくるのだ。

（カメさんは、なおさら気になるだろう）

と、思って、

「カメさん、テレビだ」

と、声をかけた。

テレビの画面を、SLやまぐち号が颯爽と走っている。それにアナウンスがかぶる。

「これが、今回事件があったSLやまぐち号です」

亀井刑事が、天賞堂で買ってきたやまぐち号の実物である。

SL・C57－1に牽引されたレトロだが、真新しく美しい五両編成の客車だ。

このSLやまぐち号に、何があったのか。

刑事たちがテレビの前に集ってくる。

アナウンサーが、事件を説明していく。

「このSLやまぐち号は、一日一往復、新山口と津和野の間を走っています。客車は五両で、1号車から5号車まで、全車指定席です。編成定員は二百四十五名ですが、本日は、台風十二号の余波で、朝から雨のため、乗客は六十パーセントですが、何の問題もなく、定刻の午前十時五十分に、新山口駅を出発しています」

その説明に合わせるように、始発駅の新山口駅のホームが、映し出される。

車体の色は、落着いた茶色。レトロな色だ。しかし新造車である。

出発を待つ乗客たちは、楽しげな表情をしている。ホームの屋根の下で、駅弁を買ったり、自分たちが乗る列車を写していた。

機関士が、勇ましく汽笛を鳴らす。それに合わせて発車のベルがひびいた。ホームに出ていた乗客たちが急いで列車に乗り込んでいく。

SLやまぐち号がゆっくり動き出した。

ホームのカメラが、SLやまぐち号の機関車、客車を、次々に映していく。平和で懐しい光景だ。

1号車のグリーンは、機関車のすぐ後に牽引されている。2号車、3号車と続いて最後尾の5号車には展望デッキ。いかにもレトロである。

その展望デッキにはいつもなら手を振る乗客の姿があるのだが、今日は、雨のため、一人も出ていない。それも、また、懐しい感じがするのだ。

雨のため、各車両とも、定員には足らず、全乗客の数は、百五十名を切っていた。

それでも、問題はなく、山口駅には、定刻の十一時十分に到着。

三分後に出発した。

「その後、上山口、宮野と停車せず次の停車駅、仁保(にほ)駅に向いました。途中から周囲の景色はいつもの通り街から畠や森林に変っていきます。森に入ると、単線のため、樹々の枝が列車にかぶさってきます。それをかきわける感じで、ＳＬやまぐち号は前進します。上り勾配にかかると、蒸気機関車は、力がないので喘(あえ)ぎ気味に、もうもうと煙を吐き出しますが、それも人気です」

仁保駅までの辺りが、山口線の撮影スポットの一つになっている。

無人駅の宮野あたりから、ゆるい上り勾配になっていることと、深い山の中を走る周辺の景色のためである。

深い森林は、樹々が高く、その森林の底を沈むようにやまぐち号が走る。その上ゆるい上り坂なので、勢いをつけるために、石炭を余計にくべる。煙突から吐き出される煙の量も半端ではない。

一番、ＳＬが勇ましく見える瞬間なのだ。

そんな景色と、黒煙を吐き出すやまぐち号の姿が、ダブルになるため撮影スポットになる。

深い森の中から、ゆっくりと顔を出すやまぐち号。

「ここで到着する駅が、仁保です。まだ、雨は止(や)みません」

それでも、SLやまぐち号を外から撮ろうというマニアが雨の中、傘もささずにホームで、カメラを持って待ち構えている。

「今日も雨の中、定刻通りにSLやまぐち号が、姿を現わしました。到着を告げるように、大きく、汽笛を鳴らしています」

雨の中、姿を見せたC57－1は、誇らしげに見える。

SLやまぐち号に乗りたいというファンもいれば、乗らずに、とにかくこの列車をカメラにおさめようとするファンもいる。

彼等は、自分の車に、三脚や望遠レンズつきのプロ用カメラを積み込み、山口線の撮影スポットに先回りして、場所取りをする。

ホームや、時には線路に入って、到着し出発するSLやまぐち号をカメラにおさめると、すぐ様、次の撮影スポットに向って、自動車競走である。

彼等は、雨の中でも平気だ。

やまぐち号の乗客の中にも、雨の降りしきるホームに降りてきて、自分の乗ってきた列車を撮る、熱心なファン、マニアがいる。

そんなマニア、ファンたちが、突然叫び声をあげた。

「おかしいぞ！」

他のマニアも、やまぐち号を指さして叫ぶ。

「やまぐち号はC57－1機関車に、レトロな客車でしかもピカピカな五両が連結されているはずだ。その最後尾の5号車がないじゃないか」

別の若い女性ファンが興奮して、望遠レンズつきのカメラを振り廻していた。

「展望デッキ付きの5号車を狙ったんです。その5号車がないんですよ。消えちゃったんですよォ」

そんな中で、ファンの子供たちまで、興奮して騒ぎ始めた。

列車に乗車していた二人の車掌が、ホームを走っていた。

運転助手が、機関車から飛び下りて、雨のホームを最後尾に向って走る。

「何が起きたのかわかりませんが、最後尾の5号車が消えたと叫んでいます。信じられません。どう表現したらいいのか言葉に困るのですが、山口駅まで一緒だった5号車が突然消えてしまったのです。やまぐち号は現在仁保駅で停められていて、JR西日本の社員とやまぐち号の車掌が、仁保駅と山口駅の間のレールの上を調べていますが、レール上には何もないと叫んでいます。山口線は単線ですから、山口─仁保間に見つからなければ、間違いなく、5号車は、消えてしまったということになります。どうにも信じられないのですが、事実です」

6

時間が過ぎていく。

台風が遠ざかりようやく雨もあがったが、それを待っていたように、新聞社の車や、テレビの中継車が仁保駅に集ってきた。

山口駅と仁保駅の間の線路の上をドローンが、飛び始めた。

高く低く、線路上を舐めるように、新聞社やテレビ局のドローンが飛ぶ。

だが、何処にも、5号車の姿はない。

SLやまぐち号の山口駅の次の停車駅は仁保だが、この二駅間に、普通列車が停まる無人駅が、二つある。

上山口駅と宮野駅である。もちろん、事件発生後、この二駅のホームや周辺も詳しく調べたが、5号車も、5号車の乗客も、見つからなかった。

「気になりますね」

亀井が、テレビのニュースを見ながら、いう。しかし、この時点で、この奇妙な事件について、警視庁の出番はない。

それでも、刑事たち全員がテレビに釘付けだった。

夜になると、5号車の乗客の名前が、発表された。

5号車の定員は、展望デッキがあるために、四十六名である。

しかし、台風の余波もあって、今日の乗客は、三十二名と少かった。

5号車には、1号車と同じく車掌室があるのだが、事件が起きた時、車掌は3号車で、おみやげのコーナーやゲーム機の点検中だった。

従って5号車と一緒に消えたのは、乗客の三十二名ということになる。

まず、発表されたのは、地元山口県以外の他県の乗客だった。

三十二名の中の二十名である。

やまぐち号は、観光列車なのに、他の十二名の乗客は、地元山口の人間ということである。

これは、明らかに、コロナのせいに違いなかった。

政府は、今年の五月二十五日に緊急事態宣言を解除し、景気上昇を狙ってＧｏＴｏトラベルキャンペーンを七月に開始したのだが、ゴールデンウィークには、間に合わなかった。それどころか、秋の行楽シーズンも人々の動きは少く、これでは、年末と正月も駄目だろうという空気になっていた。

そのため、自然に、地元の人たちによる地元旅行が増えることになるのだろう。

しかし、この事件を担当した山口県警は、乗客の誘拐こそが犯人の目的に違いないと考えた。

乗客の中に、犯人と被害者がいるというケースである。

そこで犯人の反応を見るためにまず、他県の乗客を発表したのではないのか。

それが、二十名の乗客の名前だった。

安藤　勇人（東京）　会社員
平松　実（東京）　〃
名野倉真紀（神奈川）　店員（同僚）
倉本　葉子（〃）　〃
曾根信一郎（埼玉）　会社員
安西　乙也（千葉）　〃
新井　竜一（東京）　カフェ経営
妻　由美（〃）
長男　正史（〃）　高校一年

内田　治樹（神奈川）　鉄道マニアのグループ
加藤太一朗（〃）〃
後藤　博行（〃）〃
塩田　六郎（〃）〃
柴田　栄（〃）〃
大沢　隆（〃）〃
吉岡みち子（〃）〃
深町　克彦（東京）　富裕層相手の警備会社「サーブ」の社長
弟　信彦（〃）
娘　栄子（〃）
津村　千夏（〃）「サーブ」の秘書

この二十名である。

この中で山口県警が注目したのは、住所は東京であるが「深町克彦(ふかまちかつひこ)」一家だった。

この名前は、唯一、県警の刑事たちが知っているものだったのだ。

最近、日本にも民間の警備会社が、次々に生れている。

深町克彦が作った警備会社も、その一つである。

「サーブ」という会社が独特なのは、社長の深町が、警察のＯＢでないことと、アメリカで、警備会社を興し、成功していたということである。

深町は、富裕層をターゲットにしていた。最初から、資産家の身辺警護をなりわいにしていた。

深町自身も、アメリカで成功した資産家である。

東京自由が丘の豪邸が、雑誌にのったこともあるし、最近は、彼の会社「サーブ」のコマーシャルもやっている。

それらを総合して、山口県警は、こう考えた。

あるグループが、ＳＬやまぐち号を舞台に、サーブの社長、深町克彦一家の誘拐を計画した。

それもＳＬやまぐち号の５号車ごとの誘拐である。

山口県警は、東京新宿にある「サーブ」本社に電話して、誘拐の事実はないか、すでに身代金の要求があったのではないかと聞いてみた。

しかし、サーブ本社の返事はそっけなかった。

現在、社長一家とは、連絡が取れずにいるが、誘拐の事実もないし、身代金の要求もない。

消えた5号車の写真も発表された。

1号車グリーンは定員も少く、ぜいたくな作りである。定員二十三名。

2号車は定員六十四名、四人用ボックスシート。

型式はレトロ調だが、洗面所、洋式トイレ、各テーブルにはコンセント。

照明は、昔風に白熱灯に見えるが、実際にはＬＥＤ。これは各車両共通。

3号車は定員四十名、一種のサロンカーで、みやげもの販売コーナーと、子供用のゲームコーナーがある。半分は、2号車と同じ座席である。

4号車の定員は七十二名、様式は、2号車とほぼ同じだが、2号車のような大型の荷物スペースはないので、定員は一番多い。

そして、問題の5号車。定員四十六名。

もっとも、他の車両と違うのは、広い展望デッキである。1号車の展望デッキより若干広い。

その他、車掌室、業務用室、荷物置場、洗面所、多目的室、多機能トイレを備え、座席は四人用のボックスシートだが、背もたれは固い木製である。

つまり、5号車は、他の車両と少し違っているのだ。

独立しているといってもいい。乗降口の扉も大きくて車椅子に対応。多目的室は、簡易ベッドにもなる。バリアフリーのトイレは、5号車のみに設置されている。

車掌室の横にスタンプコーナー。座席の一部は、肘掛がはね上り車椅子に対応する。

他の車両に比べて窓は小さく、ボックスシート一組に二つの窓。窓は各車両とも開けられる。

問題の大きな展望デッキは、1号車では、客室との間に展望室があるが5号車にはなくて、客室の隣りが、デッキである。

十津川たちは、模型を使って、立体的に、それを、確認した。

翌、九月二十九日になると、事態は悪化した。

犯人からの連絡は一切なく、5号車も、三十二名の乗客も見つからなかった。

第二章 古都・萩

1

重苦しい空気の中、十津川たち警視庁の五人の刑事たちは、新幹線で山口に向った。

問題の5号車と共に消えた乗客の中に、東京在住の者が、多かったからである。

五人とも、マスクをし、誰もが黙りこんでいた。

安倍晋三(あべしんぞう)首相は、五月二十五日の緊急事態宣言解除後、「日本のコロナ流行はほぼ収束」と述べていた。

その理由は、一日の感染者の数が数十人前後に落ち着いたからだというのである。

もともと経済優先の総理は、更に、国内の旅行を推進し、それを政治が後押しする、GoToトラベルを約束した。

安倍首相にしてみれば、感染を防ぐためのマスクを全世帯に配布したものの、小さすぎたり、布マスクであったり、配布方法が不明朗だったことで、大変な不評をかってしまった。その失地挽回のための政策でもあったのだろう。

しかし、これには落とし穴があった。毎日発表される、感染者数への疑問、そもそものPCR検査の少なさである。

コロナ対策として、感染者を見つけ出し、拡大防止をするために、検査が必要だと言いながら、検査数はいっこうに増えなかった。

感染者数が数十人前後で推移するのは、検査数が少ないからだという声が、当然上がってくる。ノーベル賞受賞者の京大教授は、大学の設備やスタッフによる検査を提案したが、実現することはなかった。

おそらく、検査数を増やして、感染者数が急増してしまったら、首相の「コロナは収束した」という声明に、疑問が持たれてしまう。

周囲はそれを心配したのだろうが、肝心の安倍首相は、健康上の問題を理由に、あっけなく自ら退任してしまった。

長らく安倍内閣の官房長官を務めた、菅義偉（すがよしひで）が、第九十九代内閣総理大臣になったのは、つい先日のことである。

2

山口に着くまでの間、十津川は新幹線の中で、山口県警から送られてきた写真の束を一枚ずつ見ていた。

ＳＬやまぐち号の写真。こちらは、乗客のいないC57―1機関車と、五両の客車の写真である。これが、十数枚。

事件当日の写真が三枚。

こちらは、台風の余波の中を、新山口駅を出発するものと、仁保駅に近づくもの。

三枚目は、仁保駅に到着し、騒ぎが始まっている写真である。

十津川が、一番興味を感じたのは、事件当日、深い林の中から樹々の枝をかきわけるようにして、仁保駅に近づいてくるＳＬやまぐち号の写真である。もちろん、先頭はC57―1機関車だ。

写真は、仁保駅のホームの先端から、近づくＳＬやまぐち号を撮ったものだろう。

この写真を撮ったのは、鉄道マニアで、「近藤誠一（こんどうせいいち）」という名前も、書いてあった。

山口県警が、この近藤誠一という鉄道マニアから、事件の参考にと、提供して貰ったものらしい。

（この時、すでに、5号車は、消えていた筈だ）

と、十津川は、自分にいい聞かせた。

（それなのに、誰も気付いていないように見えるし、時刻表通りに、一分の遅れもなく、仁保駅に着いている）

（これは当り前のことなのだろうか。それとも異常なことなのだろうか）

山口県警本部には、被害者が出た各県警担当刑事が、集った。

十津川は、もちろん東京の乗客たちの説明のために、山口に来たのである。

捜査会議では、まず山口県警本部長の説明があった。

「昨日の午前に、事件が発生してから、県警としては、のべ一千人の警察官を動員して調べているのですが、残念ながら、5号車も、乗っていた乗客も、見つかっておりません。『神かくし』にあったといううわさもありますが、県警としては、そんな荒唐無稽な話ではなく、計画的な犯罪、それも、誘拐事件の可能性が高い、と考えています。特に、われわれがマークしているのは、5号車に四人という多人数で乗っていた『サーブ』の人々です。この家族について警視庁で、調べて下さっているので、警視庁捜査一課の十津川警部に説明して頂きます」

山口県警本部長の指名で、十津川が代って説明した。

「東京に本拠を置く『サーブ』という警備会社は、ここ二、三年で、大きく伸びてきた会社で、今回、5号車に乗っていた深町克彦は社長であり、深町信彦(のぶひこ)は、副社長です。深町克彦は、もともとはアメリカで、いわゆる富裕層、具体的にいえば、年収百万ドル以上の客を相手にする警備会社を興しました。『サーブ』は、その後、日本でも富裕層相手のビジネスを拡大しています。この一族の資産は、二兆円近く、既存の警備会社の脅威になっているようですね。日本も経済格差の時代といわれて、はっきりした富裕層が生れているので、既存の警備会社も、富裕層相手のビジネスを考えていると、いわれています。

そして、深町一族の今の状況ですが、社長以下が、問題のSLやまぐち号の、5号車に乗っていたことは会社も認めています。ただし、犯人から身代金の要求があったことは、否定しています。現在、社長、副社長に代って対応に当っているのは、深町英樹(ひでき)。社長のイトコに当る五十二歳の人物で、社長、副社長と同じく、アメリカ生れでアメリカの大学を卒業し、日本語も堪能です。犯人からの身代金の要求は否定していますが、これは、こうした事件ではありがちなことで、犯人から脅迫されて否定している可能性は大いにあり得ると考えています。また深町一族ですが、百数十年前に、アメリカ大陸へ渡ったものと思われますが、その理由は、貧困のためか、精神的圧迫から逃れるためか、はっきりしません」

「年代的にはいつ頃ですか？」

「おそらく、幕末から維新にかけての、動乱の時期だと思います。日本の幕藩体制が崩れて、ようやく開国というか、日本を出られるようになった頃だと思います」

「かなり、あいまいですね」

「そうです。あいまいです。彼等の祖先が、日本の何藩の人間で、どの時期にアメリカに渡ったのかも、はっきりしないのです。多分、彼等自身がそれを隠していたのかも知れません」

「深町一族はいわゆる、成功者ということですか？」

「見方によれば、そういうことです」

「見方によれば今は、被害者だと？」

県警本部長の問いかけに、十津川は言葉を濁した。

「かも知れません。今のところ5号車の乗客が、どういう状態で消えたかわからないので、判断のしようがありません」

「十津川警部、今後、警視庁としてはどう動きますか？」

「会議での報告が終ったら、山口線の山口駅から仁保駅の間を自分の眼で、見てきたいと思います」

「許可しますが、何もありませんよ。われわれも、何とかして、5号車と乗客を見つけようとしましたが、何一つ見つけられずにいるのです。5号車の破片も、乗客の所持品一つすらです」

「それは聞いていますが東京から来たわれわれとしては、何も見つからないことを、確認したいのです」

と、十津川はいった。

「現在、山口線は、新山口―山口間と、仁保―益田間が、折り返し運行しており、問題の山口―仁保間は、ジーゼルエンジンを取りつけたトロッコを走らせています。時速は十五キロで現在山口駅にありますので、自由に使って下さい」

「SLやまぐち号の4号車までは、何処にありますか？」

「津和野の工場で引き続き調べています」

3

十津川たちは、山口駅から、トロッコ列車に乗った。

ホンモノの無蓋(むがい)車両が、三両連結され、それが小型のジーゼル機関車に牽引されていた。工事用のジーゼル機関車で、最高十五キロの速度というのも、当然だろう。

単線のレールが、仁保駅に向って、延びている。

その間、七・五キロ。その間で、5号車と乗客が消えたのだ。

十津川は、まず、時速四キロで、山口から、仁保駅まで走って貰うことにした。

時速四キロは、人間の歩くスピードである。

その速さで、走って貰い、一人はレールだけを撮り、二人目は、周辺の景色をビデオにおさめた。

逆に帰りには、十津川たちは、七・五キロを歩いて、山口に戻ることにした。

山口に戻った時には、周辺は暗くなっていた。

十津川たちは、山口市内のKホテルに、泊ることになっていた。

ホテル内の食堂で、夕食をとった。山口にいる間は、食事は、全て、この食堂でとることに決めた。五人が食事をとるには丁度いい広さの個室があり、会議を開くことも、食事をしながらその日にとったビデオの検討も出来たからである。

この日も、夕食をとりながら、検討会になった。

「三十二名ですよ」

と、若い日下刑事が、大声でいった。

亀井が、いう。

「それに、丸二日だ。食事も、睡眠も必要です。トイレもです。彼等は、それを何処ですませているんでしょうか？」

「それは、今回の事件が、何なのかによって違うな」

と、十津川が、いって続けた。

「誘拐なのか、いたずらなのかで違ってくる」

「ここまでのいたずらなんてことがあるでしょうか？」

日下は不思議がっている。

「可能性はおおいにある。5号車に乗っていた乗客は三十二名。その乗客が、二日間、見つかっていない。これが誘拐事件なら、被害者を隠すだけでも大変だが、いたずらなら簡単だ。ひとりひとりが勝手に逃げ出してしまえば、いいんだからな」

「しかし、消えたのは、乗客だけじゃありません。5号車を、かくすのは、大変じゃありませんか」

と、日下が、いう。

十津川は、苦笑した。

「そのとおりだな。人間を隠すのは簡単だが、大きな客車を隠すのは、難しいな」

「やはり、これは、誘拐事件ですよ」

と、亀井が、いった。

「東京に電話して、その後の状況を確認してみてくれ」

と、十津川が、指示をした。

「現在、確認中です」

と、北条刑事が、続けて、

「今日一日で、株式会社『サーブ』の株二億円分が売却されたそうです」

「身代金ですよ。やっぱり、誘拐事件で、二億円は深町一族への身代金でしょう」

と、亀井刑事は、肯いている。

「誘拐は、山口で行い、身代金の交渉は、東京で行われていたのか」

「現代的な誘拐ですよ」

「それにしては大がかりな誘拐だな」

と、十津川は、いった。

十津川は、山口県警本部に、今、わかった東京の動きを、報告した。

電話に出た、山口県警本部長の秘書も、

「これで、誘拐事件であることが、はっきりしました。身代金が支払われたとすれば、死者が出る可能性も減らせるでしょうから、いくぶん、ほっとしています。すぐ、本部長に知らせます」

と、いった。

山口県警は、最初から、5号車の乗客の中にいた、東京の資産家深町一族の誘拐事件と見ていた。

十津川は、一方で、

(それにしても、身代金目的の誘拐事件にしては、少しばかり奇妙だな)

とも考えて、首をかしげていた。

十津川が、不審に思う理由は、いくつかあった。

第一に、深町一家は、まとまって山口旅行をしていたのである。彼等の予定では、SLやまぐち号で津和野まで行き、津和野で一泊、その後、萩などを見て廻ってから東京に帰ることになっていた。とすれば、深町家だけでいる機会もある筈だから、その時に、誘拐すれば、簡単な筈なのだ。何故、5号車ごと、他の乗客ごと、誘拐するような面倒なことをしたのかという疑問がある。

第二は、現在、消えた5号車と乗客は、どうなっているのか、全くわからないので、誘拐事件としても、その姿がつかめないことへの不安である。

5号車の乗客たちの問題もある。資産家の深町一家が、誘拐されたとすると、他の乗客たちが、犯人なのか、それとも巻き添えにあったのか、それがわからないのだ。

最もわからないのが、犯人が、二億円の身代金を手に入れたとして、どういう形で、この誘拐劇を、終らせようとしているかということである。

乗客の乗った5号車を、手品のように山口線の何処かに出現させるのだろうか。

十津川は、東京に電話し、上司の三上(みかみ)刑事部長に聞いた。

「問題の『サーブ』が、二億円を作ったことは聞いたんですが、その二億円は、どうなったんですか?」

「その情報が入ったので、私もすぐ、現在の『サーブ』の社長代理である社長のイトコの深町英樹に電話してみたんだ。ところが、二億円分の株を売却したことは認めたが、新しい事業に投資するという返事なんだ。それ以上、言えない、と。だが、今日身代金を支払ったとすれば、明日中に、人質は解放されるだろうから、注意して、犯人逮捕のチャンスを逃さないでくれ」

と、三上刑事部長は、いう。

「部長は現在人質たちは、山口県内に監禁されていると、お考えですか？」

「そうだろう。わざわざ東京に運ぶような面倒なことをするとは考えられないからな」

「部長は、今回の件は、誘拐だと見ていらっしゃるんですね？」

「当り前だろう。他に何があるんだ？」

「わかりました。山口県警本部には、二億円の件を、伝えました。県警も最初から、誘拐説ですから、ほっとしていましたよ」

「それで、いいんだ。いっておくが、首相は、今回の事件を一ヶ月以内に解決しろと、おっしゃっている。ただ解決するだけじゃなくて、きれいに、すっきりした形で解決するように、山口県警にも伝えておいてくれ」

と、いって、部長は、電話を切った。

首相の一ヶ月以内の解決指示は、集った各県警の刑事たちにも、以前から伝えられていて重苦しい空気になっていた。

政府は、緊急事態宣言期間を終えた後、「コロナは収束した」と発表している。旅行を奨励し、ＧｏＴｏトラベルを、国内経済回復のための政策の柱に据えていたから、旅先での誘拐事件など困るのである。

今回のＳＬやまぐち号をめぐる事件は、こうした政府の「政策」に、水をさすものに違いない。

「サーブ」が新しい事業に投資するという名目で、株二億円分を売り払い、それを身代金として支払ったのなら、誘拐事件は解決に向うだろうと、誰しもが考えていた。

翌日の捜査会議は、明るい空気で始まった。

山口県警本部で、事件の解決を待つ各県の刑事たちは、次の捜査について、考えをめぐらせていた。

二億円を手に入れた犯人は、人質を解放するだろう。

だが、真の事件解決は犯人の逮捕である。首相は、一ヶ月以内に、そこまでやれと指示しているのだ。

今の首相の評判は、就任時からあまり香(かんば)しくない。

そこで、人気の獲得を図るため、一層ＧｏＴｏトラベルを強力に推進しようとしていた。

目論見（もくろみ）がうまくゆけば、コロナで下降した日本経済を立ち直らせた救世主になれる。

そんな時、ＪＲ山口線で起きた奇妙な誘拐事件である。上手く収拾できれば、首相の政策に花を添えることになるが、下手にこじれると、マイナスに作用する恐れがある。

それを心配する首相の指示で、秘書が、わざわざ、刑事たちを督励（とくれい）しにやって来た。

「人質が解放されたら、記者会見を開く前に、東京に、連れて来て首相に会わせること。次に、なるべく速やかに、犯人を逮捕し、山口線の全線開通と、事件解決を合わせて、発表することにしたい。これは首相の強い要望でもあります」

と、秘書は、刑事たちを激励した。

官邸が、官僚、特に高級官僚の人事権を手に入れてから、官僚たちの眼は、明らかに国民にではなく、政府に向いている。

国民のために政策を考えても、政府に嫌われたら、理由をつけて、拒否されてしまうのである。

そのため、何人もの優秀な官僚が、自分の理想を拒否されて、辞職することもあった。

集った全国の刑事たちは、首相の秘書の言葉に自然に、緊張した。

今の首相は、人気がなくて足元が危い。

しかし、現在の派閥の均衡状況や、野党の力のなさを考えれば、次の総選挙でも勝つだろう。

それを考えると、今回の事件に対して、この局面を打開し、解決へと導くことに功績があれば、次の警察人事で出世できるだろうし、逆の結果ならば、警察内部での出世は、諦めざるを得ないだろう。

東京で、「サーブ」の社長代理は昨日、どこかに二億円を振り込んだ。

これが、身代金なら人質の乗客たちの解放が始まるだろう。

そこから先が、勝負である。

人質になっていた乗客から、まっ先に、犯人について聞き出し、逮捕しなければならない。

十津川を含めて、各県警の刑事たちの競争になる筈である。

事件発生の日と違って、今日は朝から、快晴だった。

刑事たちにとっても、わざわざ東京から来た首相の秘書にとっても、幸先がいいように思えた。

だが、違っていた。

午前九時を過ぎても、犯人からの連絡はなかった。

午前十時。

午前十一時。

全く、何の連絡もなく、人質が解放されて、戻ってくる気配もなかった。

昼十二時。

近くに中華料理店があるので、山口県警が、刑事たちから注文を取っておいて、十二時丁度に、食事が届いた。

人質が解放されていれば、一緒に中華料理を食べながら、事情聴取の方向性を議論していた頃である。

面白いもので、各県警が、それぞれかたまって食事を始めている。

警視庁の十津川たち五人も、十津川を中心に食事を始めた。

北条刑事が、山口県警から、地元山口の5号車の乗客リストを貰ってきて十津川に見せた。

事件の日の5号車の乗客は三十二名。その中の地元の乗客は、十二名。その名簿だった。

「まだ、一人も見つかっていないんだろう？」

「山口県警は、そういっています」

「何故、解放されないのか」

十津川は、十二名の名前を、順に見ていった。もちろん、十津川の会ったことのない人達である。

（おや？）

と、十津川の眼が、止った。

一番最後、十二人目の名前だった。

柿沼格之助（かくのすけ）　三十九歳。萩協同組合

と書かれている。

「カメさん」

と、呼んで、その名前を示した。

亀井も、「あれ？」と声を出して、

「同じ姓ですね」

例の「高杉晋作への恋文」を綴った柿沼美代子と、同じ姓なのだ。

十津川は、山口県庁へ電話して、山口県に、「柿沼」姓が多いかどうかを聞いてみた。

「山口県では、二十一番目」という答が、返ってきた。多い姓ではないが、山口県内に数千名はいるという。

「庄屋に多い姓ですが、幕末には、郷士として働いていたかも知れません」

「高杉晋作の奇兵隊ですか」

「そうですね、奇兵隊に参加していたかも知れません」

十津川と、亀井は、事態が動かないので、東京から持参してきた、柿沼美代子の二通目の恋文に、眼を通すことにした。

第二信

「高杉晋作様

お許し下さい。また、あなた様に、お手紙を書くことになりました。

どうしても晋作様に、聞いて頂きたいことが出来てしまいました。愚痴だということは、わかっていますが、今、晋作様にお知らせしなければと思ったのです。

実は、私の家、柿沼家は、代々、庄屋と前の手紙で書きましたが、晋作様が、奇兵隊を募集された時に、先祖の柿沼作助(さくすけ)は、武士になりたくて、大金を使って郷士になっていたのです。ところが、長州藩主の幕府に対する弱腰や、イギリス、アメリカ、フランス、オランダの四国艦隊に恐れ戦(おのの)く藩政に嫌気がさして、郷士になったことを後悔していたのです。

その時に彼が、晋作様の力強い号令を聞いたのでした。作助は、郷士のまま、すぐ、奇兵隊に参加致しました。晋作様はひょろりと、痩せて背が高く、やたらに声の大きな作助を覚えていらっしゃいますか。

ああ、作助は、郷士になって作之助(さくのすけ)と名乗るようになっておりました。

奇兵隊に入った作之助は、すぐ、四国艦隊との戦いに参加致しました。勇猛果敢に戦ったようですが、残念ながら、四国艦隊の砲撃で、亡くなってしまいました。

その時、晋作様から、作之助の戦いを賞讃する手紙を頂きました。

『柿沼作之助君の勇猛なる戦いぶり、言葉だけの上士の遠く及ぶところにあらず』

とも、書いて、下さいました。

そのため、柿沼家に綴ってくださった晋作様の手紙は、その後、柿沼家の宝でございました。

今回のJRとの交渉でも、この歴史は、わが柿沼家の力でございました。相手の重役にしても、第三者にしても、わが家の英雄柿沼作之助の功績を考慮に入れると、約束してくれていたのです。

ところが、ここにきて、突然、今回の交渉の席で、ＪＲ側が、今後、そちらの家族の中に、幕末の戦いで功績のあった奇兵隊の隊員がいたことや、高杉晋作の名前は、配慮しないことにすると言明してきたのです。

以前は、功績を認めてくれるという態度だったことを主張したのですが、まったく聞き入れられませんでした。

晋作様の作られた奇兵隊は、わが長州、山口県にとって、今も大きな存在であり、歴史的な誇りであるのに……。

ところが、県の上層部の一部に、長州の歴史において、奇兵隊が歴史的に大きな存在になっては、正当な家臣団の影が薄くなり、歴史が歪(ゆが)んでしまう。奇兵隊は、文字通り奇兵である。存在すべき部隊ではないのだという意見が出て、今後は、奇兵隊の名前を消し、学校でも歴史の時間にこの名前は教えないことにするというのです。

私は愕然(がくぜん)としました。晋作様が、長州のために作った奇兵隊を歴史上から、消そうというのです。

何故、こんな無法なことを考えるのでしょうか。私には、絶対に許せません。四国艦隊の戦いの中で死んだ柿沼作之助も、浮ばれないでしょう。

どうしたらいいでしょう、晋作様。

私は、死ぬまで、この無法と戦うつもりですが、晋作様、私に勇気と智慧(ちえ)を与えて下さい」

4

十津川は、読み終って、奇妙な気持になった。

二年前に死んだ柿沼美代子が、京川と名草を結ぶ路線を実現するために、奔走(ほんそう)していたころに書かれた手紙であろう。

十津川は、長州の奇兵隊のことは、もちろん知っていた。

もともと、幕末の長州藩にも正規の武士団が存在した。

一八六三年(文久三年)六月、長州藩が、下関海峡で外国艦隊と戦闘を開始するのだが、家臣団では兵士が足りず、高杉晋作が、武士、農民、商人などの混成部隊(奇兵隊)を、組織する。

正規の家臣団は、身分によって階級を決めていたが、奇兵隊は、身分ではなく、個人の能力によって、指揮官を選ぶ、こととなった。いわゆる家臣団というより近代軍隊に近い存在だった。そのため、実力を発揮でき、幕府との戦争で活躍し、更に戊辰戦争でも、活躍している。

その奇兵隊への評価が、柿沼美代子とJR山口線との問題にも絡んでいたらしい。

「それと、今回のSLやまぐち号事件と何か関係があるのだろうか？」

十津川は、考えたが、答は見つからない。

「あの京川寺の住職に聞いてみたらどうですか」

と、亀井がいった。

もともと、京川寺の住職が売りつけた「恋文」である。

二人はすぐタクシーを京川寺に飛ばした。

貧乏寺は、変りない様子だった。

だが、あの住職の気配はない。

構わずに、二人は、本堂に上って行った。

人の気配はないが、その代りのように、真ん中に、屏風が置かれていた。

そこには、十津川や亀井が、現われるのを予期したように、墨痕あざやかな文字が、躍っていた。

「死者の願いに応えて下され」

二人の刑事は、しばらく屛風に書かれた文字を見つめていた。

「死者」というのは、柿沼美代子のことだというのは、わかる。だが「願い」がわからない。どんな願いのことをいっているのか。

十津川たちが期待する「願い」は、それが、今回の事件と関係があり、解決の手掛りになることなのだが、今は、全くわからない。

「ここにいても何もわからない」

と、十津川が、いった時、日下刑事からの連絡が入った。

「すぐ来て下さい」

「何かあったのか？」

「5号車の乗客らしき一人が、遺体で見つかりました」

「その遺体は今、何処に？」

と、日下が、いう。

「萩市内のN病院です。萩駅で聞けば、すぐわかります」

「5号車も見つかったのか？」

「それは、ノーです。とにかく、病院に来て下さい。私たちも、病院にいますから」

と、日下は、十津川をせかせた。

十津川たちは、タクシーを最寄駅まで飛ばして、山陰本線の萩駅で降りた。

山陰の日本海に面した古都である。人口四万六千人。長州藩の藩都だった町だ。今は吉田松陰（よしだしょういん）の松下村塾（しょうかそんじゅく）などを訪れる人も多い。

病院は、海岸寄りにあった。

三階建のモダンな病院である。

日下や北条早苗たちが、十津川を迎えた。どの顔も緊張というよりも、引き攣（つ）っているように見える。

「報告してくれ」

と、十津川が日下にいった。

「今日の午後、遅番として、出勤してきた病院の職員が、駐車場の端に、男性がうつ伏せに倒れているのを発見しました。すぐさま、医師が診察しましたが、すでに死亡していました」

「身代金の支払いらしき、金銭の動きがあり、事件は解決へと向うと思ったが、それどころか、とうとう死者が出てしまった」

十津川が、厳しい表情でいった。

「十津川警部。誘拐に、殺人となれば、とてつもない事件となります」

日下がいい、北条刑事が続ける。

「検視をはじめるなかで、ポケットにあった運転免許証から、5号車の乗客の一人とわかって、大さわぎになったわけです。名前は、平松実(ひらまつみのる)、三十一歳。住所は、東京都内。ただし、山口市内にも部屋を借りているようです」

「平松という男は、間違いなく、5号車の乗客なんだな？」

「そうです。そこで、現在、山口県警と、科学捜査チームが、所持品を入念に調べています」

「われわれからも、調査項目の要望があれば、申し出てくれと、いって来ています」

と日下がいい、山口県警科学捜査チームが今、調査中の項目が書かれたメモを、十津川に渡した。

そこには、細かい項目が、書き並べられ、赤字でいくつかが書き加えられていた。

十津川は、警視庁側としての要望は、出さなかった。

とにかく、一刻も早く、第一回の報告に眼を通したかったのだ。

だが、なかなか、第一回の報告が出て来なかった。

代りに夜食が出された。そんな時間になっていたのだ。

朝近くになって、やっと、第一回の報告書が各県警の刑事に配られた。

○平松　実　三十一歳。東京都在住、独身。身長一七三センチ。体重七一キロ。
死因　心不全。

肉体に特別の傷は見当らない。注射痕、暴行を受けた形跡もなし。

心不全にいたる毒物を飲まされた可能性については調査中。

失踪中ではあったが、栄養状態、衣服などの衛生状態は通常の状態。


十津川は、ぶっきら棒に見える報告書を読みながら、平松実の置かれた環境を想像した。


平松実が、誘拐犯なのか、人質だったのかはわからない。

外傷や、薬が注射された形跡はないというから、人質だったとしても、強い拘束はされていなかったと見ていいだろう。

食事も十分だったようだ。

十津川は、5号車が、見つかっていないことを考えた。

ひょっとすると、犯人も、人質も、この平松という人物も、丸三日間、5号車の車内にいたのではないだろうか。

5号車の定員は、三番目に多いが台風のせいで、乗客は、三十二名と少かったから、客車の中といえど、さして狭さは感じなかったろう。食糧も、犯人が車内に用意しておけば、丸三日間は、大丈夫だろう。

しかし、この推測は、ずっとつきまとう疑問へとたどり着いた。

その5号車は、今、何処にあるのかという謎だ。

山口駅と、仁保駅の間、七・五キロのレール上から消えてしまった。

他の路線上に、移したとしても、線路上であることは、間違いない。

とすれば、山口県内、或いはその周辺だとしても、何故、誰も気付かないのか。

もう一つ、十津川が、最初から、疑問に思っていることがあった。

それは、五両の客車のことだった。

十津川は、配られているC57－1機関車と、牽引されている五両の客車の写真を取り出した。

五両の客車は、型式こそ、昭和初期と古いが、実際には、新しく造られた客車なのである。

例えば、1号車（グリーン）はオロテ35４００１型式と、レトロだが車内の器材は全て最新式。洋式のトイレと、真新しいのだ。もちろん電灯は型は古いが、LEDである。

2号車、3号車、4号車、5号車も、同じである。

2号車の型式は、スハ35４００１とレトロの型だが1号車と同じく、LED、床下に電動空気圧縮機が搭載されている。洗面所、洋式トイレ、各ボックスシートにはコンセントも付いている。

3号車は、型式はナハ35４００１で、外観はレトロだが、内部は、半分がフリースペースでゲームコーナーで子供が楽しく遊べるようになっている。もちろん、LED電灯、洋式トイレ、転落防止装置など万全である。

4号車は、オハ35４００１で、他の車両と同じく外観はレトロだが、もちろん、内装は、最新式で、LED、洋式トイレがある。

そして問題の5号車である。型式はスハテ35４００１と外観は古い。ただ、少しだけ他の車両と違っている。それは、五両の中でもっとも広い展望デッキを持ち、また他の車両にはない多目的室、多機能トイレがある。そのため、ドアも広く、4号車より背が高い。また側面の窓も小さい。

また、多目的室やバリアフリーの多機能トイレは、5号車のみにあって、多目的室は簡易ベッドとしても、使えるのだ。その場合、室内灯、暖房、冷房のスイッチもついているが、それを生かすための発電装置は、5号車と2号車にしかついていないのである。

こうして、五両の客車を並べて見ると、5号車が、独立した形であることがわかる。

(切り離して、消すのに、都合のいい車両なのだ)

と、思ったが、5号車を消す方法がわからない。

そのとき、電話が鳴り始めた。

山口県警が、何かを発見したらしい。

問い合わせると、平松の腕に、文字が彫られていたというのである。

その文字は「遊」だと、知らされた。

「多分、遊撃隊の遊だと思います」

と、亀井が、いった。

山口に来てから、亀井は必死で、山口県の歴史、特に、高杉晋作が活躍した幕末の歴史を勉強している。

亀井が、その時代に関心を持ったのは、今回の事件のことの他に柿沼美代子という女性のこともあった。

十津川も、当時の長州について、概略の知識しかないので、細かいことに、自信はない。

「間違いないのか？」

「当時、奇兵隊以外にもさまざまな部隊があって、その中に『遊撃隊』という名前もあります。他に『集義隊』とか、『有志隊』とかもあったといわれています」

「奇兵隊は、いつ頃まで、活躍していたんだ？」

「高杉晋作が、奇兵隊を作ったのは、一八六三年の外国艦隊攻撃の時ですが、その後、次々に他の部隊も生れて、長州軍の主力となり、戊辰戦争、会津戦争でも活躍しています。その後、明治維新のあとの明治二年に解散を命じられています。ただ、この時いろいろと不満が噴出し、脱退騒動なども起こしています」

と、亀井は、いう。

更に、平松の腕の文字は、古いものではなく、ごく、新しく、彫られたものだという。

と、すると、何のために、彫られた「遊」の文字なのか。

萩の病院に、平松の遺体を運んだのは誰なのか。

山口県警は、平松実の顔写真を数万枚、コピーし、萩市内とその周辺にバラまいた。

平松と思われる男を見かけた者はいたか、乗せたタクシー、バスなどはないかの聞き込みである。

十津川たち五人も、ただ、それを見守っているわけにはいかなかった。

平松実の写真コピーを持ち、萩市内を駆け回った。

「平松は毒物によって、殺害されたのか。それとも、自殺なのか。病死なのか」

十津川は、亀井に問いかけた。

「平松の行動を調べるしかありません」

と、亀井はいった。

5

十津川たちは、二手に分かれて、萩市内を歩き廻った。

十津川は、亀井と二人で、あとの北条刑事、日下刑事、三田村(みたむら)刑事は三人で、萩市の中で、平松実が行こうとしていた場所か、会おうとしていた人を探すのである。

萩市の人口は、現在四万六千人。十津川の住む東京に比べれば、極(ご)く小さな町である。

地図で見ると、日本海に面し、阿武川（あぶがわ）の三角州に生れた城下町。

戦時中、アメリカ軍の爆撃目標になっていたが、奇蹟的に爆撃をまぬかれ、長州の城下町の面影を残している。

今は、萩藩（長州藩）の明治維新の英雄達の出身地として有名である。

その筆頭は、松下村塾の吉田松陰と、奇兵隊の高杉晋作だろう。

他にも、久坂玄瑞、山県有朋（やまがたありとも）、品川弥二郎（しながわやじろう）、木戸孝允（きどたかよし）の名前も出てくる。

もちろん、萩は、萩焼で有名である。日本海に面した場所には、外国艦隊に対して、大砲を据えつけた台場が残っている。

このお台場が、女台場（おなご）と呼ばれているのは、男たちが、外国艦隊との戦いに取られていて女性たちが主力となってお台場の建設に当っていたからである。

城下町萩市を囲むように阿武川が流れ、その外側をＪＲ山陰本線が走っている。山口線ではないのだ。

十津川と亀井は、萩駅前から、県道64号線を北に向って歩いて行った。

橋本川にかかる橋本橋を渡って、町の中心部に入る。

そこには、藩校の跡地に建つ明倫学舎があり、高杉晋作の誕生地、立志像、久坂玄瑞の像がある。

二人は「遊」を探しながら歩き廻り、海岸線へ出た。菊ケ浜である。

そこから見える指月山（一四三メートル）には、萩城跡がある。

二人は近くのカフェに入って、コーヒーを飲みながら、今までに分かったこと、分からないことを話し合った。

「萩の病院の駐車場で倒れていた男に釣られて、萩に来てしまいましたが、冷静に考えて、ＳＬやまぐち号の事件が起きた山口から、遠ざかってしまったような気がします。そう考えると、事件を追って、萩へ来て、逆に事件から、遠ざかってしまったんじゃないかと思うんです」

と、亀井が、いった。

「私は、そうは、思わないね」

十津川が、いった。

「どうしてですか？」

「カメさんは、柿沼美代子の恋文と、平松実の腕の刺青から、今回の事件は、高杉晋作が作った奇兵隊に関係があるんじゃないかと思うようになった」

「そうです」

「その頃、長州藩の都は萩であって、山口ではなかったんだ」

「それは、知っていますが」

「それなら、簡単に、萩から、眼をそらさない方が、いいんじゃないか」

「しかし、もう、この狭い萩市で、調べる所が無いんじゃありませんか？」

と、亀井が、きいた。

「場所じゃない。奇兵隊、そのものの歴史なのかもしれない」

第三章　傲慢と不安

1

警視庁は、今回の山口線の事件では、集った各県警の一部でしかない。各警察と一応同等という形で、山口に集っていて、山口県警本部長が、全体の指揮をとる。

集った警部たちは、だいたい五十代で、四十歳の十津川は若い方だ。実際に調べても、一番若かった。

その十津川には、早速「消えた乗客の行方」の捜査という役割りが、与えられた。別に、十津川の才能が買われたのではなく、誘拐された人質の数が、東京が多かったからに過ぎない。

十津川たちに与えられた宿舎は、山口駅近くのホテルである。

もちろん、経費は節約をしている。コロナ禍だから、いやでも、与えられた経費はきびしくなる。

最初から、ホテルの食事の質は、諦めていた。

そこで、ホテル近くの大衆食堂と契約して、朝夕の二食を部屋に運んで貰うことにした。

その食堂の従業員がコロナに感染してしまい、しばらく休業することになった。若い刑事たちが、あわてて探し廻り、見つけたのは、同じ系列の弁当屋だった。

こちらは、二人兄妹で始めた屋台の店だが、とにかく、量は多くしてくれと頼んで、契約した。

一般に失踪して、助かる限度は、七日間といわれる。それに対して、誘拐の場合は、当然複雑である。

犯人が、いかに人質を扱うかで、違ってくる。ただ、今回の場合は、七日間ほどと考えることにした。

十津川の部屋の壁には、「7」の数字が、描かれている。

消えた5号車は、相変らず、他の乗客も見つかっていない。

何処に監禁され、どんな状況かもわからない。

そんな時、誘拐されていたと思われる若い男が、萩の病院の駐車場で、遺体で発見された。

誘拐された5号車の乗客の中で、一番の資産家であるのが、「サーブ」という会社を経営している深町という一家である。

今回は、5号車に、家族三人と秘書で乗っていた。刑事の多くが、犯人の誘拐目的は、この家族ではないかと考えたくらいである。

この「サーブ」の東京本社が、二億円の自社株を売却したというニュースが流れて

「さてこそ」という声が、あった。

「これで、犯人は、二億円を手に入れて、人質を解放するだろう」

と、山口に集った各県警の多くが、予想した。

その瞬間を狙って、各県警の刑事、新聞記者、テレビのカメラマンが、山口線沿いに走り廻った。

しかし、何も起きなかった。

5号車は、見つからなかったし、人質も、消えたままである。

当然、東京の「サーブ」本社に、マスコミが殺到した。

社長の代理を務める深町英樹が、引きずり出され、マスコミに囲まれた。

「二億円の自社株を整理したでしょう？　あれは、何だったんですか？　身代金ですか？」

と、記者たちの質問が飛ぶ。

「前言を撤回させて下さい。あれは、犯人からの要求ですよ。それを支払っただけです」

「犯人の要求って、何です？　身代金じゃないんですか？」

「問題の5号車ですよ。誘拐された人質が、今も、5号車の中にいるので、当然5号車のメインテナンスが、必要です。第一回の二億円の支払いの要求です。三十二人分の要求ですから、要求通り支払いましたよ」

社長代理は、ニコリともしないで、いった。

「それが、真相ですか？」

「明細も添付されていましたから、きちんと、二億円支払いましたよ」

社長代理が、その明細書も、記者たちに見せてくれた。

見事なものだった。

十津川が、苦笑してしまったのは、親戚の小さなパン屋の青色申告を手伝った時、申告書に同じような言葉が並んでいたからだった。

面白くもなさそうな顔をしている「サーブ」の社長代理・深町英樹は、犯人の指示をうけ、間違いなく、今回の事件で、手伝いをさせられていたのだ。

マスコミは、引き下がらない。社長代理に対して、その時の犯人の詳細な指示の様子を問い詰めた。

「突然の桜島の噴火だと、犯人はいいましてね」

と、サーブの社長代理がいう。

「何ですか？　桜島は、絶えず、噴火しているでしょう？」

「わが社としては、一九四六年の噴火のことを思い出しましてね」

と、突然、社長代理の話が脱線した。

それきり、記者会見は、奇妙な終り方をしてしまった。

（今回の犯人は、桜島の噴火に絡んで、事件を起こしたのか？）

十津川には、わけがわからなくなった。

ただ、十津川の頭に、はっきり残ったのは、「5号車のメインテナンス」という言葉だった。

十津川は、このあと、亀井にいった。

「消えた問題の5号車は、現在メインテナンスを必要としている状況にあるのかも知れないよ」

「5号車は修理工場で、修理中ですか？」

「かも知れんな」

「そんな筈はありません。あの日、突然、消えたんですから」

「現在の状態を、いっているのかも知れん」

「しかし、山口線全線を調べましたが、現在、修理中の車両は、一両もありません。これは、昨日、念のために、全部調べてあります」

若い日下刑事が、怒ったようにいう。

「しかし、例の5号客車は、行方不明だ」

「それも、しっかりと、記載してあります」

日下も、真面目に、いい返してくる。

十津川の頭から、「メインテナンス」という言葉が、離れなかった。

2

今、5号車は、何処に、どんな状態で置かれているのか。
乗客は、乗った時の状態のままなのか、それとも、全員が、降りた状態なのか?
「ちょっと、歩いてくる」
と、十津川は、立ち上った。
「お供しますよ」
亀井も、釣られて立ち上ってくる。
ホテルを出て、二人は、山口駅に向う。
十津川も、亀井も、一言も口を利かない。
もう何度、二人で、同じ道を歩いたかわからなかった。
山口駅に着く。
山口駅から、仁保駅までの七・五キロの間で、事件が、起きた。
SLやまぐち号は、人気の観光列車である。
牽引する機関車は、SLの貴婦人と呼ばれる、C57。しかも、製造番号が1である。

C57－1なのだ。

だから、日本中から、鉄道マニアがやってくる。

二〇二〇年九月二十八日。

午前十時五十分。SLやまぐち号は、定刻に新山口駅を出発した。

SL・C57－1―客車1号車―2号車―3号車―4号車―5号車の連結だ。

朝から雨が降っていたが、それでも、六十パーセントの乗車率だった。

何も起きる気配はなかった。

雨にも拘らず、各駅には、鉄道マニアが押しかけていた。

定刻の十時五十分。新山口駅発車。

十一時十三分。山口駅発。

時刻表通りである。

今までのSLやまぐち号と、違うところは全くなかった。

いや、一つだけ違うところがあった。

それは、雨だった。最後尾の5号客車には、大きな展望デッキがついていた。晴れなら、5号車の乗客は、展望デッキで、景色を楽しむのだが、さすがに雨では、部屋から出てこなかった。

また、外から、走るSLやまぐち号の写真を狙う鉄道マニアも、この日は、次の停車駅「仁保」の屋根の下で、列車の到着を待っていた。

そうした多少の問題はあっても、あの日のSLやまぐち号は、山口駅を定刻の十一時十三分に発車している。

この辺りまで、やまぐち号は、山口の町の中を走るが、その後、急に自然が、深くなる。

深い森である。なぜか、この辺りの森は、高くて、深いのだ。だから、猶更列車は小さく見える。

たった五両編成のSLやまぐち号は、必死で、その深い森をかきわけて、前進する。

その上、この辺りから、ゆるい上りになるのでC57機関車も大変である。もくもくと、黒煙を吹きあげて、C57が突進する。またこれが、撮影ポイントになる。

次の仁保駅から見ていると、眼の前の深い森を、しゃにむにかきわけて、SLやまぐち号が、現われる感じを撮影スポットと見ているマニアも多いのだ。

この日、雨の中、いつものように、C57機関車は、眼の前を蔽う深い森をかきわけて現われた。その時も、もちろん、定刻である。

しかし、この時、すでに、最後尾の5号車は消えていた。

3

現在、山口―仁保間は、閉鎖されている。走っているのは、捜査用の無蓋貨車（トロッコ）だけである。

トロッコが三両連結され、小型のジーゼル機関車が、牽引する。

三両のトロッコには、急遽集めたさまざまな調査器械が、積み込まれていた。

トロッコの時速は、四キロ、十キロ、十五キロと三段階になっている。

このトロッコには、各都県警察が、自由に乗ることが出来た。そのため、われ先に乗り込み、消えた5号車を見つけ出そうとするのだが、成功した者はいなかった。

山口―仁保間七・五キロ。

単線だし、側線もないとされている。そのレールの上から、5号車だけが、消えたのである。

十津川は、山口にやって来てから、何度も、このトロッコ列車に乗って、山口―仁保間を往復した。

（犯人は、どうやって一本の単線から、5号車だけを、奪ったのか）

最初の疑問である。

見つからない5号車とその乗客を求めて、二人は、トロッコに、乗り込んだ。

「ようやく、山口－仁保間を代替バスが走るようになったそうです」

と、亀井が、いった。

亀井としては、そんな世間話で、十津川の気分を軽くしようと思ったのかも知れない。

十津川は、すぐには、トロッコ列車を動かしてもらおうとせず、メインテナンスという言葉を考えていた。

「私も、その言葉が、ずっと気になっていたんです。どう解釈したらと迷ってしまうんですが、感じとしては、今も、問題の5号車に、乗客が乗っているような気がするんです。乗っていて、5号車内の座席（シート）を使い、電気を使い、多目的室を利用している。犯人は、それで、メインテナンス費用を払えと、要求したんじゃないかと思うんです」

亀井は、理屈でいっているのではなく、明らかに、感覚で、いっている。

「じゃあ、5号客車は、今、何処にあるんだ？」

十津川が、周囲を見廻す。

が、いつものように、すぐトロッコを、動かそうとはしなかった。感覚的に、違うとわかるのだ。

「何となく、地下の感じがします」

と亀井が、いった。

「地下に隠して、今も、その中で、乗客が、生活しているのか。だとしたら七日間が限界だろう」

「一刻も早く、救い出さないといけません」

と、亀井が、いった。

それでも、十津川には、オトギ話のような気がしている。

それなのに、妙にリアリティも感じるのだ。

九月二十八日、SLやまぐち号は、午前十一時十三分に山口駅出発、定刻の十一時三十四分に仁保駅到着。

このわずかの間に、5号車が、消えてしまったのである。

車両だけではなく、乗客も。

バスか、トレイラーなら、そのまま、走らせてしまえばいいが、線路上の列車は、それが出来ない。一番簡単なのは、やはり、一車両分の穴を掘っておいて、乗客ごと、隠してしまうことだろう。

あくまでまだ、空想の段階である。

十津川は、部下たちに、手に入れたドローンを使って、山口－仁保の上空写真を、撮りまくるよう指示していた。

その夜、十津川たちは、ホテルの部屋で、ドローンで撮った写真の検討をしていた。上空写真を重ね合わせて、山口－仁保を中心とした広大な写真地図をモニター画面に映していく。

直径、十キロの円が出来あがった。

それを、まず、十津川が観察し、さらに、刑事たちにも、観察させた。

その写真の中では、新山口－山口－仁保の一本の線路は、あくまで一本の線路にしか見えない。

「さて――」

と、十津川が、いった。

「三十二人の乗客と、5号車は、この写真の山の何処に、隠されているんだ？」

「その前に、どんな形で隠されたのか考えてみたらどうですか？　それがわかれば、場所も想像できると思いますが」

と、亀井が、いった。
刑事たちが、思い思いに、メモ用紙に図を描いた。
まず必要なものは、5号車と同じか、大き目の穴である。
もちろん、事件当日に、あわてて掘るわけにはいかないので、あらかじめ掘ってお
く。山口線の近くでは、発見される恐れがあるので、かなり離れた場所に掘っておき、
草や木の枝で、隠しておく。それを犯人が作った、引込線のレールでつなげればいい
のだ。
上空から見ると、山口から仁保に進むと、急に、深い森になるので、かくす場所に
は、不自由しない感じだ。
この過程で、穴の大きさは、長さ深さとも実物よりひと回り大きめに作る必要のあ
ることが、わかった。これも常識だろう。
地下に埋めた5号車の中で三十二名の乗客が少くとも七日間の生活を送ることにな
っているとすれば、引込線で運んできて、いきなり、別の場所に連れていくわけには
いかない。とするならば、5号車自体が、しばらくの間、生活する生活の場というこ
とになる。
多分、最後の部分は、斜めのゆるい傾斜にして、引込線で、ゆっくりと、止めるこ

とになるだろう。

それだけ、余分な広さが、必要なのだ。

穴には、他に、何が必要だろうか。

穴は、ある程度の深さがあるはずで、老人、病人には飛び下りるのも、穴の外に出るのも大変だから、階段が必要になる。

5号車自体は、形は古いが、新車である。授乳用の多目的室もある。明りも新しいLEDだ。

しかも、SLやまぐち号は、5号車に発電装置がついているが、七日間の生活に備えて、別途、強力な発電装置を用意しておく必要があるだろう。

十津川たちは、更に考える。

他に、地下に隠した5号車での七日間の生活に、何が必要かである。

食糧、電気、水などは、最近の野外生活ブームから考えると、意外に入手は、簡単かも知れない。

難しいのは、マイナス面、ゴミや排泄物の方だろう。

何しろ、列車を一両分穴に埋めてしまうのである。そして、乗客たちの生活。

同じ穴での排泄は、耐えられないから、当然、別の穴を掘り、排泄専門の穴にするだろう。そこと主生活の穴とは、管で結べばいいし、これも、現在の建設技術では問題ないだろう。

十津川は、刑事たちの意見を聞きながら、自分なりの穴の設計を進めていった。

自然に、穴は、広くなっていくが、全般的にさして難しいとは思えなかった。

理由は、一列車ごと引込線に入れるのではなく、たった一両の5号車を、入れればいいからである。

他にも、簡単な理由が、あった。

山口―仁保の下りの部分が、ゆるい上り勾配になっているからだった。

その途中で切り放せば、自然に、引込線に、5号車は、退(さが)ってくる。

5号車を、引込線に入れたあとは、なるべくゆるい下り勾配を最大限に利用して、遠くに掘った穴に、導びけばいいのである。

今日の段階では、十津川にも犯人たちが、この方法で、5号車と乗客を誘拐したという証拠はないが、可能性は高いと考えた。

そして、線路から、引込線へとつないだ方法である。

最後尾の5号車の連結器だけを外しておき、重機を使って吊り上げ、トレイラーに乗客ごと載せて、運び去ったのか。

5号車を隠しておくための巨大な穴、5号車を引き上げるための重機、トレイラー。トレイラーから引込線に移動させるための重機。どれだけの人数の協力者が必要になるのか。

「この方向で、しばらく、考えてみる」

と、十津川は、刑事たちにいった。

4

5号車も乗客も、見つからない。

各県警は、各自勝手に捜査をしている感じである。

そんな中で、山口県警は、江戸時代の藩都「萩」で遺体となって見つかった男の線を追っていた。

5号車の乗客の名簿に名前があったのだから、追及したかったのだが、今となっては、事情聴取はできない。

山口県警は、この男についての詳細が判明すれば、行方不明の5号車と、乗客が見つかると、考えていた。それに成功すれば、今回の事件は、ほぼ解決したも同然で、山口県警としては、面目が、保てるのだ。

山口県警は、のべ一千人の捜査員を動員して、平松実の足跡を追った。

平松は、萩市内の病院の駐車場で、倒れていたところを、発見された。

彼が、問題のSLやまぐち号に、乗っていたとすれば、山口―仁保間で、5号車から降ろされ、萩市に運ばれたことになる。

山口県警としては、とにかく、男の足跡を知りたくて、一千人の動員である。

早朝から、彼等は、カメラと、スマホを手に歩き廻った。

山口県警が、明らかにしたいことは、次の二つだった。

第一、5号車と乗客の行方。

第二、平松という男は、犯人側だったのか、人質側だったのか。

ぜいたくな要求である。この二つに答が出たら、事件は解決してしまうのだ。

しかし実際には、ほとんど進展しなかった。

十津川は、ドローンを飛ばし、それを発展させようとしていた。

東京から、より大きく、より精巧なドローンを取り寄せて、山口線の山口―仁保間を中心に円を少しずつ大きくしながら、ドローンのカメラで撮っていく。

写真の数は増え、より精密になっていく。

刑事たちは、画面を拡大させ、増えていく写真と、格闘を続けていた。

山口の町の郊外。

深い森である。

その中を走るか細い山口線のレール。

刑事たちは、その中に、小さな点を探していた。

小さな点でしかない人間たちである。犯人たちであり人質である。

十津川は、亀井の直感から生れた推理が正しいと感じている。5号車は、地下に隠されていると、考えているのだ。

ドローンが撮影した画像から、地下壕の痕跡を探そうとしていた。

十津川自身も、七日間が限度だと思っている。

地下にもぐった乗客の一人が、息苦しさから地上に出てきて、それが、写真の上で、一つの点として、見つかったらその瞬間、事件は解決に向うのだ。

画像を見続けていた亀井は、眼が痛くなり、仰向けに寝転がると、冷やしたタオルをまぶたに当てていた。

十津川が、そんな亀井に声をかけた。

「例の京川寺の住職から、カメさんに手紙が来てるよ」

「あの坊さんからですか？」

「構わずに読むぞ！」

十津川が、手紙を広げた。今日は奉書である。

「亀井兄。

混濁の世を貫く真理は、ただ一筋、迷わぬ乙女の真っすぐな思いです」

「何ですか？　それは」

「私がいってるんじゃない。あの京川寺の住職の手紙の文句だ」

「何を書いて来たんです？」

「君に親展とある。どうしても、カメさんに読んで貰いたいらしい」

「とにかく、読んでみます」

確かに、宛名は亀井刑事で、「親展」と、筆で書かれている。

この住職に会った記憶は、もはや、なつかしい感じがすると思いながら、亀井は、読み始めた。

十津川は、中身も読まずに、ふざけたのだが、京川寺の住職の手紙は、あくまでも白い和紙に、筆で書かれていて、笑いの雰囲気など、全く感じられなかった。

「事態が重く渋滞し、日本全体が危機的状態を示しているので、止むなく、最も信頼できる亀井刑事に、お手紙を差し上げることにしました」

と、その手紙は、始まっていた。

「亀井刑事様におかれましては、今回の事件を、どんな危機と見立てていますか？

あまりに突然、奇妙な誘拐事件が発生した。

観光列車ＳＬやまぐち号の最後尾の５号車が山口―仁保間で、乗客もろとも消えたのです。

事件発生以来すでに数日。犯人の目的も不明、コロナ発生下に、バカな事件を起こしたものと、呆れておられると思います。そこで、今回の事件の真相を亀井さんだけには知って頂きたくて、筆を執りました。

それで、お願いなのです。もう、今後、お願いは致しません。

先日購入して頂いた、柿沼美代子が、愛する高杉晋作に書いた手紙、順番に読んで頂きたかったのですが、時間がありません。そこで最後の第八信を今から読んで頂きたいのです。

ふざけているのではありません。

今回の事件の真相が、もっともわかりやすいので、柿沼美代子が、高杉晋作に最後に書いた手紙を読んで下さい。

何度でも申しあげる。私は爪の先ほどもふざけておりません。柿沼美代子の最後の手紙を読んで下さい。

読んで、事件の真相に近づいて下さい。

伏してお願いする」

5

「どうなんだ？」

と、十津川が、きいた。

「住職の頭がおかしくなったか、それとも、事件の解決につながる助言なのか、わかりません」

「カメさんは、どう思うんだ？」

「この忙しい時に、柿沼美代子の恋文を読んでくれというんですから、頭がおかしいと思います」

「それなら無視すればいい」

「しかし、その他のところは、まともなんです」

「朝まで、まだ時間がある」

「……」

「気になるのなら、柿沼美代子の恋文を読んでみたらどうだろう」

「別に気になってるわけじゃありませんよ」

「四の五のいうなら、朝までに読んでおくんだ。気もそぞろで、明日の捜査をやられちゃ迷惑だからな」

＊

〈柿沼美代子　高杉晋作への最後の恋文〉

「高杉晋作様
今、私は、絶望しております。四国艦隊来襲の頃、藩の武士たちが、ただ、いたずらに右往左往していた時、藩を救ったのは、晋作様が創られた奇兵隊でした。

私は、もちろん、奇兵隊誕生の頃のことは知りませんが、言い伝えられてきた話を、父や母たちから、何回も聞いています。

晋作様の呼びかけに応じて、連日のように京川村でも若者たちが、次々に、クワを銃に持ち替え、小さな奇兵隊を作って、四国艦隊との戦場へ出撃して行きました。

京川村では、私の先祖の庄屋が、毎日のように生れる奇兵隊士を饗応し、京川寺で、戦勝を祈念して、前線に送り出したと聞きました。

京川村だけでも、そんな具合でしたから、長州藩全体では、あの頃、どのくらいの奇兵隊士が生れたのでしょうか。

その原動力は、もちろん私には、ひたすら高杉晋作様の魅力に見えます。

高杉晋作様。あなたが生んだ奇兵隊です。奇兵隊は、強固な歴史を持つ武士集団ではありません。それまで、クワを持っていたお百姓、ソロバン片手の商人、漁師など、今まで、戦うことより仕事をしていた人々が、一斉に長州藩のために戦う人になったのです。

長州藩の殿様のためでしょうか。違います。皆さん、殿様の顔だって知らないでしょう。下級藩士だって恐れ多くて、殿様には拝謁できないのですから。

とすれば、全て、晋作様の魅力です。それも、普通の英雄豪傑の魅力ではありません。

軽やかで、変幻自在で、女の私から見ても色気がある。そんな多彩な魅力です。

四国艦隊相手の戦いを含めて、その後の和議などの鮮やかさから、晋作様は、いちやく有名になり、萩や長崎で、描かれた絵草紙が京川村にも、流れてきて、家中の者も、夢中で手に入れようとしたそうです。

馬上で勇ましく、四国艦隊を指さしている絵は、何とか手に入ったものの、もう一枚の絵はなかなか手に入りませんでした。

奇妙な絵で、四国艦隊との戦いの最中、硝煙弾雨の中で、晋作様が三味線を片手に、都々逸を唄っていらっしゃるという代物で、

『異国の黒船も都々逸の種――』

と、いう文字が入っているとかで、私は、必死に手に入れようとしたのですが、とうとう入手できませんでした。口惜しかった、こんな面白い絵ありませんもの。

四国艦隊との戦いのあと、待っていたのは第二次征長幕府軍との戦いです。

この戦いでも、奇兵隊は、長州軍の主力として、見事に戦いました。

素人の集団なので、武器の扱いが心配だったようですが、長州藩では、ひそかに七千丁の新式銃を、イギリスの武器商人から、手に入れていたと聞きました。

この新式銃の扱いについても、奇兵隊は秀れていた。これが藩兵だと、どうしても、大刀や弓矢に拘ってしまうのだが、町人や百姓が多い奇兵隊には、そんな拘りがなかったから、たちまち、銃に馴れ、当時としては、最強の兵士になったと聞きます。

対して、幕府軍は、十万と数は多かったが、旧式の火縄銃でした。その後、長・薩は、討幕の錦の御旗を手に入れて、幕府軍を押しまくる。

江戸開城、上野戦争、会津戦争、箱館戦争で、国内戦争は終りました。

この間、長州の主力は、あくまでも、奇兵隊だった。このことは、重く考える必要があると私は思うのですが、実際には、そう扱われなかったのです。

それでも、晋作様、あなたの作った奇兵隊は、戦い続けたのです。長州軍のほんとうの主力として。

私がいいたいのは、晋作様の呼びかけに応じて、大勢の奇兵隊士が生れ、その若者たちが、長州勢の主役として、明治維新を作ったということです。

晋作様はすでに死んでしまっていても、無名の若者たちは、その志を継いで、奇兵隊として、明治維新を戦い抜きました。

問題は、新しい明治政府が、彼等に正しく、報いたかということです。

晋作様が、存命だったらと思います。間違いなく、新しい国家として、政府として、奇兵隊の功に報いたでしょう。

ところが、実際の新政府は、奇兵隊を邪魔者扱いし始めたのです。よくある話で、なまじ、功労を立てた人間は、扱いに困るというお定まりのケースです。

政府にとって一番都合がよかったのは、奇兵隊の兵士たちが黙って元の農民、商人、漁民に戻ってくれることですが、それは、功労に報いてからの話になります。総理大臣にのしあがった、あの伊藤博文だって、元は奇兵隊出身の筈です。

もう誰も、伊藤博文が奇兵隊上りだったことなど忘れていく。

ともかく内閣総理大臣です。さっと、兵制まで変えていった。何故かわからないが、以後、大臣の多くを、長州人が占めるようになったのです。

そのくらい力があるのなら、奇兵隊の十人くらいに爵位をあげて下さい。

奇兵隊の功労に報いて、以後、延々と、長州人の閣僚入りが続き、政治の弊害といわれ、長州閥とか悪口をいわれているのです。

私の祖先たちは、二つの危機感を持ちました。

奇兵隊のことが、忘れられてしまう。正しく評価されない。

何故、奇兵隊で活躍した隠れた英雄を、陸軍大臣にしないのか。

例えば、長崎で、イギリス商人と武器の購入に当っていた、花咲屋の長次郎がいます。晋作様の呼びかけに応じて、花咲奇兵隊を創設、手代と爆薬を持って、イギリス船の舷側に取り付き、爆破させています。舷側に大穴があき、沈まなかったが、座礁した。四国艦隊との戦いで、完全に長州が勝ったのは、この事件ぐらいです。

その後、長次郎は、店をたたみ若い手代たちと改めて『赤心隊』を結成、幕府の第二次長州征討隊と戦いました。

赤心隊の強みは、長年の長崎の商売で、財力があり、イギリスの武器商人と、伝があったことです。

長州藩は藩として新式銃を七千丁購入していたが、実際の戦争が始まれば、長次郎の個人的なルートでの一丁でも多い購入は、大きく役立った筈です。

長次郎が、もっとも活躍したのは、会津城攻防戦でした。閉じ籠った会津軍に手をこまねいている時、長次郎は、ひそかにイギリスでも試作の段階だった長距離砲を輸入、海路運び込んで、会津城の天守に射ち込んだのです。

その一撃が効いて、会津は降伏、時の有栖川宮東征大総督は、『その功、第一なり』と、お賞めになっているのです。

私などは、戦争が終結し、新しい国になったら、当然、彼を陸軍大臣に、と思いますが、派閥の力学が働くと、そんな一人の働きなど、全く無視されてしまうことに、私は、愕然としたのです。

晋作様の名前は、辛うじて残るだろう。でも、あなたの呼びかけで、長州全体で、奇兵隊士が次々に生れ、それが、長州兵の主力となり、京都、上野、会津で戦ったことは、忘れられてしまうだろう。

それでは困ります。

どうやって、彼等のことを世に訴えるかを考えました。

実は、元奇兵隊の遺族が、困窮して役所に救いを求めたことがありました。この兵士は農民でした。新式銃を手に、狙撃手として活躍したのですが、会津戦争で戦死。その間、田畠の世話はしてなかったので荒れ放題、その分の父の功績に対する、恩賞を要求したことがあったのです。

それに対して、役所の係は、国家存亡の時は、全員が痛みを覚悟で戦ったのである。その一人一人に計算して恩賞を与えることは出来ない、と返事をしたのです。

息子は、カッとして、役所の人に殴りかかって、怪我をさせたのです。

そして、息子は、逮捕されてしまったのです。

ずいぶん後に公になり、知ることになった、この事件は、私たちに衝撃を与えました。

下手をすると、英雄どころか、犯罪人扱いされる危険もあるのです。

そこで私たちは、奇兵隊の会を作り、じっくりと、構えることにしました。

まず、奇兵隊の遺族を探し出すことにしたのです。まず名前と功績を調べることにしました。

次に、決起の時や、その戦績を、慎重に聞いて廻ることを考えましたが、それは、私たちの世代でなくても構わない。

例えば、その時代の奇兵隊を尊敬する人たちに調べて貰えばいい。

私たちの仕事は、日本中に散らばってしまった奇兵隊の隊士や、遺族の名前を、探し出すことですから。

私たちが亡くなったあと、どうやって、彼等の名誉を回復するのか。それは、私に知ることはできません。

もう一つ。私たちには、資金が日常的に不足していました。

それが悩みだったのですが、私たちが奇兵隊の関係者を探しているうちに、突然大きな山にぶつかったのです。大きな山脈です。

それは深町家でした。

深町家は、医者の一家でしたが、当時、高杉晋作様の呼びかけに応じて奇兵隊に参加したのです。

最初は後方にいたようですが、幕府軍との戦いになると、前線に出て行きました。

その時、藩士たちの正規軍にバカにされたらしく、突然、この奇兵隊士は姿を消してしまったのです。

その後、一家でアメリカに渡り成功。しかし、私たちが、奇兵隊の隊士の遺族を探していると知って、向うから連絡を取ってきてくれました。

これで、資金面も心配なくなり、一年もあれば、全ての奇兵隊士を見つけ出せる自信が、つきました。

問題は、どんな形で、奇兵隊の名誉を回復するかです。

ただ、政府の窓口に押しかけても、門前払いされるのがいいところでしょう。そこで、どんな芝居を打つか、私は、ある方に相談しました。

その方は壮大な策を授けてくれました。これに深町家の資金力が加われば、実現するかもしれないと思っていました。

奇兵隊は、普通の軍隊ではありません。素早く動かなければ、正規兵には敗ける。その時間は、短いほどいい。

一日の戦いなら七時間でケリをつける。

持久戦になっても、七日で、結着をつける。その七こそが勝利の数字なのだと合言葉にしました。

勝利できるのであれば、どんな形での展開でも、私たちは、構わない。奇兵隊の名誉が回復し、世の人々が、奇兵隊の名前を、覚えていてくれれば、いいのだ。

京川寺の住職が、私に、いいました。

『あなたには不安があるかもしれないが、いつの時代だって、人々は奇兵隊が好きなんだ。だから、安心して、彼等に委せなさい』

6

事件発生から五日目となった。

手紙を読んだ、亀井の報告は、十津川たちに、大きな衝撃を与えた。

奇兵隊の名誉回復に関する行動が、事件のキーワードなのか。彼等とは誰なのか。深町家とは、「サーブ」の社長の深町のことなのか。

同時に、事件について、声明が出された。真偽は、調べる必要があるが、真実味のある声明であった。

「5号車の三十二名の乗客は、全員が、奇兵隊の関係者である。決起の目的は、ただ彼等の『名誉』回復である」

朝から、各県警察本部と、主要マスコミにDVDが、送られてきた。

三十二名の乗客と、奇兵隊との詳しい関係を明らかにしたＤＶＤである。

日本中のテレビに、犯人側の主張が、映し出された。

彼ら三十二人の出自こそが重要だった。

かつて高杉晋作の呼びかけに応じて、今まで戦ったことのない農民や商人が、大事な仕事を捨てて奇兵隊に参加し、銃を取った。

彼等は、そういった人々の子孫である。

要求は、現在、わかっている、三十二名の先祖にあたる奇兵隊士の完全な名誉回復だった。

家業を捨てて、維新戦争で戦死や戦傷したことに対する、賠償である。一人一人の詳しい金額も提示されている。

事件の解決のために集められた各県警の刑事たちは、事件の新しい展開に、衝撃を受けて、それぞれのホテルに引きあげた。

最初はてっきり、5号車の乗客三十二名が、車両ごと誘拐された事件だと思い込んでいた。

面倒くさいことをやるものだと思っていたが、他に考えようがなかったのだ。

驚かされた。人質の筈の三十二名が実は、主役だったのだ。これは全く考えていなかった。かつ代表は、深町克彦だというのだ。二〇一八年に自殺した、柿沼美代子の手紙に、今回の事件の動機につながる逸話と、深町家との縁が綴られていたとは。

彼女たちの遺志を引継いだ何十人か、或いは何百人かが、立ち上ったのだ。

奇兵隊創設百五十年は、二〇一三年である。この時期は過ぎたが、二〇二〇年の今、彼等は立ち上ったというのである。

「ただ単に、5号車を地中に隠すとか、そんな簡単な事件じゃないんだ。奇兵隊の悲運の歴史を細かく調べて、計画通りに事件を起こしたんだ」

と、十津川は、いった。

「しかし、何故、こんな要求をしたんですかね？　まっすぐ、国か県に、要求すればよかったと思いますが」

と、亀井がいう。

「それに、何故、二〇二〇年の今だったのか。奇兵隊の遺族は数が減ってきている。おそらく、問題を大きくして、国や県に対する圧力を高めたんだ」

「しかし、そのやり方は、失敗のようですね」

と、亀井が、いった。

「たった今、官房長官が、声明を出しています。『犯罪者による要求には、ビタ一文、払うつもりはない。それに、これは、国の義務ではなく、山口県の問題だ。知事の問題だ』と」

7

今回の事件は、当初は、SLやまぐち号と、たまたま、その列車に乗っていた乗客を狙った誘拐事件と考えられた。

しかも、SLの貴婦人と呼ばれるC57に牽引される、有名な観光列車が狙われた誘拐事件である。

更に、犯人は、SLやまぐち号の全体を狙ったのではなく、五両連結の最後尾の5号車だけを狙ったのである。

しかも、山口駅と、次の停車駅仁保駅の七・五キロの区間で、最後尾の5号車だけを乗客ごと消すという鮮やかな手口に、誰もが、驚いた。

5号車に乗っていた乗客は、三十二名。

その中の誰かを狙ったのか、全員を狙ったのかわからない。そのため、三十二名の乗客らが住む各都県の警察が、事件現場の山口に集められた。

5号車の乗客に、東京の人間が多かったので、警視庁捜査一課の十津川たち五人も、山口県警本部に、急行することになった。

その時、各地の警察は、犯人たちの犯行の鮮やかさに感心していた。

一日、二日とたっても、ＳＬやまぐち号の5号車も、三十二名の人質も、消えたままだったからである。

しかし、突然、今回の犯人の要求が、「誘拐による身代金の要求」ではなく、三十二名による「百五十年間の名誉の回復要求」だと発表された。

その名誉とは、約百五十年前、高杉晋作によって生れた「奇兵隊」の名誉だという。

十津川は、詳しくはないが、高杉晋作という奇才のことや、明治維新の激動の時に生れた奇兵隊のことは、知っていた。

百五十年前の長州藩は、勤王攘夷（きんのうじょうい）ではなく、開国、公武合体（朝廷と徳川幕府が協力する）の方向に動いていた。

昔からの藩士たちは、巨大な武力を持つアメリカ、フランス、オランダ、イギリスと戦って勝てる筈がないと考えていた。

これは、正しい意見なのだが、日本中は、どちらかといえば、勤王だった。押し寄せてくる四国の黒船を、何故、追い払わないのか、何故、いいなりになっているのか、腹を立てていたし、時の天皇は幕府に対して、攘夷、つまり外国を追い払え、と、命令していた。

この時、長州藩の勤王派の人々が考えていたのが、「攘夷開国」だった。

外国（四国）と戦いながら、開国へ持っていくというのは、今から考えると、奇妙な発想なのだが、世論は、外国勢を追い払えだから、その世論に従って、四国艦隊に戦争を仕掛ける。当然、負ける。惨敗である。これで世論（正確にいえば藩論）も納得するし、天皇も文句はいわないだろうと、四国艦隊と停戦し、開国へ持っていく。

この時、長州藩の代表として、四国と停戦交渉に当ったのが、二十六歳の高杉晋作だったことは有名なエピソードである。

誰も、やりたがらない役目を、若い晋作は、藩の家老の養子に化けて、務めた。この交渉の時、四国側の通訳をつとめたイギリス人は、「長州側で一番若い晋作が、一番威張っていた」と、回顧録に書いている。

とにかく、戦争は、幕府と朝廷の命令で、仕方なくやったことにして、賠償金は、幕府に払わせることにして、長州は、開国に動くのである。

次の問題は、徳川幕府が、第二次長州征伐の軍を起こしたことだった。

その軍勢は、十万。

とても、長州が勝てる相手ではない。藩の上層部は、降伏を考えたが、この時も、長州軍の主力として立ち上ったのが、奇兵隊だった。

農民が、クワの代りに、武器を持ち、商人はソロバンの代りに、銃を持ち、漁師は、釣り竿の代りに銃を持った。

幸い、奇兵隊士たちは、近代の徴兵制度下の兵士に似た存在だった。昔のサムライのように、身分や武器に拘らず、新式銃の訓練に励んだから、たちまち、当時としては、最強の兵士に育っていった。

一方、幕府軍は、サムライに拘り、その上、手にしていたのは、古い種子島銃である。

鳥羽伏見の戦いでは、幕府軍は、たちまち戦いに敗れて、京都から、追われることになった。

その上、将軍の徳川慶喜(よしのぶ)は、政権を放棄した。

幕府軍は、一方的に連敗を続けた。

江戸開城

上野戦争

会津戦争

そして明治二年の箱館戦争で内乱は終結した。明治維新である。

8

ここまで、長州の奇兵隊が、主力として、全ての戦闘を戦ったことは、わかっている。が、このあとは、はっきりしない。

しかし、十津川にも、想像はつく。

内乱を終結させることができた新しい政府にとって、余計な存在になってしまった奇兵隊は、大人しく元の仕事に戻ってくれるのが一番、ありがたいのである。

多くの奇兵隊士が負傷し、戦死しているのである。戦場から戻ったとしても、また、元の仕事に、復帰することは簡単ではない。

十津川が調べたところでは、明治二年十一月に、奇兵隊の解散が命じられている。その過程で、「身分を問わず」結成された奇兵隊だったはずが、「元の身分」で処遇に差があったことが続いたというのだ。納得いかないものも多かったはずだ。そして、翌明治三年には、奇兵隊に所属していた一部が、決起し、山口藩の兵に鎮圧されている。罪に問われたものの中には、故郷で死罪になった例もあったらしい。

新しい国を作るために、命を賭して貢献した結果としては、あまりにもむごい。元・奇兵隊たちの反乱がおきた明治三年から、百五十年がたった今、だからこそ、この事件が起きたのだ。

十津川はそう考えていた。

この間、彼等の生き残りや遺族たちは、奇兵隊の名誉や、恩賞などについて、さまざまな要求をしてきたに違いない。

彼等にとって、それは、十分ではなかったのだろう。

そこで、奇兵隊の末裔（関係者）三十二名が、集って、どうすべきか、長い間、考えたのだと思う。

この事件に参加した奇兵隊の末裔は、三十二名だけなのか。今回の犯行に、かかわった者が、何人いたのか、全くわからない。

ＳＬやまぐち号の５号車だけが、突然、乗客ごと消えてしまうという事件の発端は、確かに、日本中の耳目を集めるのに、成功した。

乗客のいる都県の警察が、山口に集められた。

これも成功だったと思う。

全国の警察が、「やられた」と思った。十津川もである。

しかし、十津川が、冷静に考えると、この犯人のやり方は、結果的に失敗ではないかと思った。

日本中の注目を集めておいて、自分たちの要求を政府に突きつける。

一見、賢明に見えるが、「奇兵隊」は、長州という一地方の問題である。

一国の総理大臣が、まじめに反応するとは、思えなかった。

案の定、記者団に聞かれた現総理は、冷ややかに答えた。

「これは、国家とは関係がない。山口県の小さな問題であり、政府は、関知しない」

ある新聞などは、こんな伝え方をした。

「現総理の生れは、東北である。明治維新では、薩・長の敵だった。そんな総理が、奇兵隊のために、働く筈がないではないか」

総理の故郷は東北で数少い、新政府方についた藩で、この見解は的外れかもしれない。

ただし、今でも、会津の人たちは、明治維新の時に、ひどい目にあわされた長州の人たちとは、結婚しない、という主義を貫くことも多いという。

もう一つ、十津川が、気になったのは乗客三十二人の代表者・深町克彦についてである。柿沼美代子の手紙に深町家と、奇兵隊の縁について、書かれていた。

確かに、「サーブ」の社長を務める深町は、代表にはふさわしいかも知れないが、この一族は、維新後、アメリカに渡って、子孫の克彦は、「警備ビジネス」の研究をして、「サーブ」という会社を、たちあげている。

そうなると、現代の日本に知人、友人は少いのではないか、そのことが、十津川を悩ませていた。

犯人たち三十二人、その代表として、深町は、正式に要求を表に出した。

政府は、直ちに、総理大臣が、拒否した。山口県も、同じく、拒否している。

十津川は、長く刑事をやってきて、日本というのは、不思議な国だと思うことがある。

時たま、事件が、固(かた)まってしまって、動きがとれなくなることがある。

犯人は、ある人物を脅迫していて、傷害も加えている。被害者が、十数年前に、犯人から大金を借りて返さないことがあった。すでに時効だがその時の借用書を出してくれれば、自分は、自首するというのである。そうすれば警察としても、事件は解決なのだが、被害者は、頑として、古い借用書は、出さないのである。

これでは、事件は解決しない。

ところが、こんな時、双方に顔が利く人物が突然現われ、話をつけ、あっという間に、事件が解決したことがあった。

決して社会的に立派な人物ではない。むしろ、いわゆる陰(かげ)のある人物である。

何十年か前、京都でこんなことがあった。京都市が、古都保存協力税を新設することを決めたことがある。

課税する相手は、清水寺、金閣寺、東寺といった有名寺社である。

京都の寺や神社は、いわゆる檀家(だんか)や氏子(うじこ)が支えているわけではなく、観光で、もっている。

市は、拝観料に課税しようと考えたのである。

寺社は、猛烈に反対した。

門を閉め観光客をシャット・アウトするという寺社も現われた。

市の方も、あとに引かない。京都の寺社の一部が、何かしらの理由をつけて、観光客を入れない、という事態にまでなった。

知事も、解決の仲介者になれない。

すると市民の間で、突然「こんな時には、いよいよサンダンさんの出番だ」という声が、あがってきたのである。

京都人しか知らない名前だった。それに、氏名なのか、会社名なのかもわからない。

新聞も、「サンダンさん頼みます」と書いたりした。そのサンダンさんは、突然、現われるや、あっという間に、市は、古都保存協力税を引っ込め、寺社も、門を開け、いつもの京都になった。

そして、京都市民は、サンダンさんの話をしなくなった。

奇妙な話である。十津川は、不思議なので、調べたことがある。

サンダンというのは「サンダン株式会社」という会社名らしいとわかった。その社長らしいのだが、決して、立派な人物ではなかった。しばしば、脱税で逮捕されているのである。

しかし、理由はわからないが、京都では、市と寺社の双方に顔が利くのである。

「今回の事件の犯人と深町家に、そんな人物が、ついているんじゃないか？」

と、十津川は、考えてみた。

「いくら考えても、そんな人間は思いつきませんが」

と、亀井は、いう。

「しかし、仲介者がいないと、犯人側が、堂々と、自分たちの要求を、公表した理由が、わからないよ」

「5号車に乗っていた若い男、平松実に話を聞きたかったですね」

「その点は、同感だ。犯行声明はあったとしても、乗客は見つかっていない。七日以内に、見つけなければならない」

9

事件六日目。亀井を県警本部に残し、十津川と北条早苗は、事件の経緯を、振り返りながら、JR山口駅へ向った。

柿沼美代子の手紙によると、高杉晋作が生みだした奇兵隊は、「七」に拘っていたという。

一、奇兵隊は奇襲を主とし、七秒以内に決する
二、小戦闘は、七時間以内
三、大戦闘は、七日間以内
これが、高杉晋作の信条だったという。
「高杉の信奉者であれば、犯人たちは、七日間、地中に埋った5号車の中で生活し、

その間、全てを解決するつもりかも知れません」

北条早苗がいい、その状況を絵を描いて説明した。

「以前も話し合ったように、深い森の中に、5号車の大きさに合わせて穴を掘り、そこに埋めればいいと、思っていましたが、埋めた場所で、七日間生活する必要がありますから、ひとまわり大きめの穴が必要です。5号車の外に出て陽に当る必要があります」

「いざというとき、穴の外に逃げ出す必要があるから、階段も必要ですものね」

「電気、水、お湯などは、今は発電機などが充実しているでしょうから、心配はないと思います」

死者が出てしまったことで、捜査には一段と熱が入った。

十津川たちは、山口駅を起点に、消えた5号車を捜して、県内の様々な場所を探した。

翌朝、つまり事件七日目の朝、亀井から電話が入った。

「深町克彦が、山口県警本部に出頭してきました」

「事件から七日経ったからなのか。すぐに県警本部に戻ろう」

第四章　事件の真相

1

今回の事件は、奇妙なものだった。

欺(だま)されたという者もいた。とにかく、誰もが、ＳＬやまぐち号の5号車が、乗客ごと消えたと受け取っていたのだ。誘拐である。

山口駅と次の停車駅仁保(にほ)駅の間で、五両の客車の中(うち)、最後尾の5号車が、乗客ごと消えてしまった。

見事なものだと、犯人の手際に感心する者もいたのだが、だんだん、正体が見えてきた。

五日目になって、犯人の目的が、誘拐による身代金の要求ではなく、実は5号車に乗っていた乗客三十二名による、百五十年間の名誉の回復と、功労金の要求だと発表されたのである。

その名誉とは、幕末、四国艦隊との戦いの際、高杉晋作によって生れた長州の「奇兵隊」の名誉だというのである。

5号車の失踪から七日目に、出頭した深町克彦は、5号車の行方を明かした。深町克彦と、遺体で見つかった平松をのぞく、三十名も、無事に発見された。だが、彼らは一様に口を閉ざしており、有力な手掛かりは、得られていない。

2

現在、5号車は、木々で覆われた、深さ二十メートルの穴の中に納められたままだった。周囲の調査はこれから行われる。

地中の現場保存の責任は、一応、山口地方法務局になっているが、実際には、毎日、管理に回っているわけではない。

十津川が危惧するのは、管理がズサンなのをよいことにして、深町が、5号車の証拠湮滅を図ることだった。

深町は、今回の件で、多くの資金を使っている。

支持者、つまり協力者も多いようだ。

例えば5号車の中に死体を隠しておいて、それを始末してしまうのではないか。十津川は、そういったことを心配したのだ。

「今夜、決行しよう」

と呟いた十津川は、ひとりで、ある場所に行くことにした。

部下の刑事を、巻き込みたくなかったのだ。

その夜、5号車が埋まっていた現場を訪れた。木々に覆われており、上空からでは発見できないであろう場所に、穴が掘られ、5号車がたたずんでいた。

山口と仁保の間の低い地面が、更に、二十メートル掘られ、穴の広さは、5号車の車体の約四倍。

外で雑談などができるように、テーブルと椅子が置かれている。

地下に降りるための階段。

地面にたまってしまう空気の排気。

特に、汚物などを強制的に離れた場所に排出する装置は、強力だったが、これは、意外に簡単だったらしい。

こういった器材は、どこでも手に入る、というのだ。

一週間近くを地中で過ごした人々にとって、我慢できなかったのは、湿気だったようだ。

汗を流すシャワーも、三台、取りつけたが、やはり、湿気には、苦しんだという。

巨大な穴への、引込線の設置をした業者や、線路からトレイラーへ、トレイラーから引込線への移動を、重機を使って行った業者は、いまだ見つかっていなかった。

協力者たちは、隠れたままである。

深町克彦と、三十名の乗客も何も語らない。

事件も、まだ謎だらけだった。

この日、十津川は、背広姿で、現場に赴(おもむ)いていた。

咎(とが)められた時、「捜査の一環」と主張するためだ。

巨大な長方形の穴の端にあり、5号車の前方、左側へと降りていく階段の上から、車体を見つめる。

階段を下りて、5号車の中をのぞくが、もちろん暗い。

懐中電灯を取り出して、頭に装着する。

眼の前に、5号車の側面が広がっている。

少し離れて、5号車の外観を見る。

むっとする暑さが十津川の身体を押し包む。

(参ったな)

と、息をついていると、あるスイッチを見つけた。それを押すと、車内のクーラーが、動き出した。

相変らず暑いが、クーラーが作動しているので助かる。

十津川は、用意してきた5号車の図面を広げた。そして、見やすいように、5号車の扉に張りつけた。

その図面に従って、まず、車掌室を、調べる。

事件の間、深町は、この部屋で過ごし、ひとりで、使っていたという。

それならば、何かを隠すのであれば、ここであろう。

車掌室を見つけて、中に入る。

ひんやりと冷たい。ここだけはずっとクーラーが作動していたのだ。

部屋の隅から隅まで調べたが、何も見つからない。

誰かが何かを隠していなかったのか。それとも、始末してしまったのか。

念のため、多目的室も調べてみる。こちらの方は小物が、雑然と放り込まれていた。

（こちらは、何もないだろう）

と、十津川は、最初から見ていた。確かに、何もないのだ。

しかし、壁に、小さな紙が貼りつけてあるのに、気が付いた。

誰かが、最初から小さな紙を、壁に貼りつけたのか。それとも、最初は、大きな紙だったのか。

十津川は、その小さな紙を手に取った。

とにかく、一辺が五、六センチの紙だった。

その紙に、何か模様が墨で書かれていた。が、筆の先が太いのと、元は大きな紙だったのか、全く読めない。

十津川は、その紙切れをポケットに押し込んで脱出することにした。

ホテルに戻り、シャワーを浴びてから、それをもう一度ノートの上に貼りつけた。

模様だと思っていたものが、図に見えてきた。

図というよりも、もしかしたら地図かもしれない。

その地形は、今、5号車が埋められている場所を示すものではないようだ。

ここではないとしたら、どこの地図なのか。深町の行動に関係する場所なのか。

十津川は、そっとノートを閉じた。

3

5号車が見つかったものの、乗客たちが何も語らない状況が、続いていた。

山口県警に、一通の封書が届いた。中には、死亡した平松実の直筆の手紙が入っていた。

深町の志に賛同して、自らの祖先の名誉挽回のために、SLやまぐち号に乗ったこと。

「遊」の文字は、覚悟の表れであること。

心臓の持病があったため、不安はあるが、車内で命を落とすことになっても、本望であること。

そうなってしまったときは、ゆかりのある、萩の地に、運んでほしい。

そんなことが記されていた。

「毒物の検出をおこなっている最中だが、どうやら、平松の死は、殺人ということではないようだね」

と、十津川は亀井にいった。

「だとすると、深町に問えるのは、ＳＬやまぐち号を盗んだ罪、だけになりますね」

「カメさん、動機だよ。こんな事件を起こした、理由を明かす必要があるんだ」

世論は、特に山口県内では、深町の行動に対して、同情的だった。

その理由は歴史にあった。

忘れられていた奇兵隊の名声と、歴史が、よみがえってきた。

高杉晋作という、奇才についても同様である。

一時的に、刑事たちの間にも、歴史ブームが生じた。

東京から、山口に呼びつけられた十津川や、亀井刑事たちも、否応なしに、高杉晋作と、彼が生んだ奇兵隊の名声に、つき合わされた。

幕末の長州藩は、もともと勤王攘夷ではなく、開国、公武合体の方向に動いていた。

特に、日本に開国を迫る四国艦隊、イギリス、アメリカ、フランス、オランダの巨大な武力と戦って、勝てる筈はないと考えていた。

冷静に考えれば、その通りだが、何故か日本中は勤王攘夷派が優勢だった。

押し寄せてくる黒船を見ていると、「かなわぬまでも、一太刀（ひとたち）」と考える。いかにも日本的である。

このときは、第二次世界大戦中の失敗とは、状況が少し違っていた。

問題は、当時の孝明天皇だった。とにかく「黒船を追い払え」と命じ、国民も、それに同調していた。

それが叶わぬことを、まず、天皇を納得させ、国民を納得させる必要があった。

そこで考えたのが「攘夷開国」である。

世論は、「攘夷」だから、四国艦隊に戦争を仕掛ける。当然敗ける。しかも惨敗する。これで、世論もとても海外の軍隊にかなわない、と納得するだろうし、天皇も外国勢を追い払えとはいわなくなるだろう。

そうしておいて、開国へ持っていく。

この大芝居を打ったのが、高杉晋作である。

武士でない若者を「奇兵」として集め、四国艦隊に、戦いを挑んだのである。

誰も考えなかったことだった。

武士ではない、商人、農民、医者、そんな彼等が、呼びかけに応じて、戦いに参加するだろうか。

クワの代りに武器を持ち、ソロバンの代りに銃を持つだろうか。

当初は、誰も信じなかった。

高杉晋作の崇拝者の若者さえ、「そんなことをしたら、先生はもう終りです」と、泣いて止めた。

だが、晋作は、呼びかけた。

結果的に長州の無名の人たち、武士でない人たちが、晋作の呼びかけに応えて一斉に立ち上った。奇蹟だった。

こうして、奇兵隊は誕生した。

隊という形ではなく、一人か二人で奇兵隊を名乗る者もいただろう。勝手に「赤心隊」とか「忠烈隊」とか名前をつけ、晋作たちから銃を受け取った者もいる。

今から考えると彼等が、武士でないことが、よかったのかも知れない。刀や槍に拘らず、すぐ銃になじんだからである。

しかし、四国艦隊との戦いそのものは、惨憺（さんたん）たるものだった。

大砲の大きさが、違った。技量も違う。弾丸も違う。

たちまち、下関の砲台は、叩き潰され、占領されてしまった。負傷者が続出した。

ところが、そんな中で、英雄・高杉晋作の絵草紙が出たという噂が立った。

馬上で、勇ましく、沖の四国艦隊を指さしているものは、辛うじて手に入るのだが、もう一枚の方は、なかなか手に入らなかったという。

奇妙な絵で、四国艦隊との戦いの最中、硝煙弾雨の中、晋作が、三味線を片手に

都々逸を唄っている代物で、あの柿沼美代子の手紙によると、

「異国の黒船も都々逸の種――」

という文字が入っているのだとかで、

「必死に手に入れようとしたのですが、とうとう入手できませんでした。口惜しかった」と柿沼美代子は書いていた。

長州は敗れたことで、四国艦隊から、巨額の賠償金を要求された。

だが、幕府の命令で、仕方なくやったという論法で、幕府に支払いを押しつけたのだ。

巨額の賠償金を、長州藩は払わなくてすんだが、それに怒った幕府軍十万が、第二次征長戦を起こした。

この時、長州は、いずれ幕府と戦うだろうとひそかに、七千丁の新式銃を、イギリスの武器商人から買入れていた。

対する幕府軍の武器は、殆ど、旧式の種子島銃である。

たちまち、長州軍は優位に立ち、相手を駆逐(ちく)した。

その時の長州軍の主力は奇兵隊だったのである。

考えてみると、最初から刀を持っていなかった者も多い奇兵隊は、すぐに新式銃に

なじみ、銃を使った訓練をし、銃のための動きをしているので、国内においては、ほぼ最強の軍隊だったのかも知れない。

会津戦争では、商人だった奇兵隊員が、七千丁の銃をイギリス商人から購入した縁を使って、イギリスでも試作の段階だった長距離砲を輸入、会津城の天守に射ち込んだ。そのため、会津藩が降伏したという説もある。

しかし、戦争である。奇兵隊士たちの戦死も続いた。

ある逸話がある。

萩城下の旅籠（はたご）の主が、ソロバンを銃に持ち替えて、奇兵隊に入った。家長がいなくなったので旅籠は、荒れ果てて、生活も立ち行かなくなった。その家長は負傷して、故郷に戻ってきたが、働ける状態ではなかった。

家族は、その功績に対する恩賞を要求した。それも拒否されて、カッとしたその家の息子は、父の銃で、役所に乗り込み、銃を乱射して、自身も死亡したという、痛ましい出来事も起こった。

この事件は、奇兵隊の遺族たちに、ショックを与えた。元農民の奇兵隊の家族による事件も、重なっていた。

十津川は、知れば知るほど奇兵隊員の不遇な末路に胸を痛めた。

4

奇兵隊と高杉晋作の功績は、その後も、ますます忘れ去られるばかりだった。

柿沼美代子らは、「奇兵隊の会」を作り、遺族を探し出し、遺族団として、当時の働きに対して、功労金を要求しようとした。しかし、彼らの主張に、世間も政府も、一切耳を傾けなかった。

柿沼美代子は、悔しい思いをしただろう。

亀井刑事は、京川寺の住職に会って、ある事実を確認していた。

柿沼美代子が、アメリカにいた深町家に、なんどもコンタクトを取っていたというのだ。

深町と今回の事件が、ようやくつながった。

「サーブ」の社長である深町克彦の資金力、統率力をもって、奇兵隊が解散させられてから、屈辱の百五十年を期して、ついに行動を起こしたのだ。

SLやまぐち号の5号車を、丸ごと消したのである。乗客三十二人も一緒に消え、誘拐事件と思われたが、それらは結局、すべて自作自演だった。

深町は、四国艦隊に対しての戦争の時から、明治三年にかけて、全ての戦争が終るまでに死亡した、奇兵隊員の名簿を新しく作成した。それぞれの功績を計算して、改めて国に賠償を求める、民事裁判を起こすのだという。

しかし、彼等の主張する功労金は、もはや時効で支払われないだろう。

その不満を、深町はあちこちで話している。

十津川に聞こえてくる深町の評判は、すこぶるいい。

当然だと思う。

アメリカの警備会社で働いた経験を活かし、「サーブ」を興し、資産家を相手に大成功した。

その安定した生活をなげうって、奇兵隊の名誉のために、事件を起こして、日本で戦っている。

資金だけを出す、という方法もあっただろう。だが、彼自身が、他の者と一緒になって、汗水たらしていた。

十津川は、十代の頃に、読んだ本を思い出した。

確かヘミングウェイだった。

すでに、文名高く、悠々とパイプをくわえて、作品の想を練っていればいいのに、スペインで革命の匂いがすると、わざわざ出かけて行って、自ら、銃を手に取るのである。

深町の行動は、まるでヘミングウェイのようではないか。

とにかく、今、日本で、奇兵隊のために、5号車を強奪し、裁判で戦おうとしている。アメリカでいえば、家を守るカウボーイか。

このままでいけば、彼自身も、一時的にせよ、SLやまぐち号の5号車を盗み、隠した罪で、おそらく刑務所での服役はまぬかれないだろう。

前科がつくのだ。

十津川は、山口に集った警察の一人に過ぎないから、こちらが、必要があっても、自由に、深町に会えるわけではなかった。

仕方なく、ホテルの中のカフェで、新聞や週刊誌などの情報に、眼を通すよりほかない。

「例の奇兵隊員たちの子孫の情報が、こちらにも出ていますよ」

カフェのマスターが、新しいコーヒーをいれてくれがてら、新しい情報誌を、渡してくれた。

深町は山口市内に、大きな事務所を構えていた。

事務所というよりは、医療施設のようでもあった。

医療器具も揃っているし、医師や医療スタッフも雇われているらしい。

七日間、5号車にいたため、彼等の中には、体調不良を覚える者がいるだろう。そのための備えもしていたのだ。

深町の秘書室もあり、いまも、男女三人の秘書が常駐しているそうだ。

民事裁判に向け、秘書たちは、精力的に働きかけを行っていた。

5

深町克彦は、SLやまぐち号を盗んだ罪で逮捕、起訴された。

その後、深町の秘書たちは、民事裁判の準備を進めた。その裁判が始まって、わかったことは、明治も明治の戦争も、私たちにとって、遠い存在になったということだった。

確かに高杉晋作や、奇兵隊の記憶は、残っている。

しかし、一つ一つの戦闘となると、全員があやふやなのである。

そこで、深町が提案し、マスコミ向けに、丸一日、歴史家の出口精一郎によって、幕末から明治維新、奇兵隊の動きなどについて、講義が行われた。

さすがに、イギリス学士院会員の肩書きを持つだけに、出口の話は平易、客観的でわかりやすかった。

「深町が、原告側の証人として、出口精一郎を選んだ理由がわかりますね」

と、亀井が感心する。

それに対して、十津川は、

「わかり易すぎるよ。平易すぎる」

と、いった。

「それは、どういうことですか？」

「人間を動かすのは、わかり易さじゃないんだと、私は、思っている。感心して、安心してしまうこともある。多少、わかり難くても、聞いた人間の心に、憎しみを生まなければ、大勢の人を動かすことは、できない」

亀井は、いった。

「今のままでは、いくら奇兵隊に同情が集っても、『時効』がいいところになってしまいます。深町としては、それでは、失敗なわけでしょう？」

「正直にいうと、今でも、深町の真の狙いがわからないんだ」

と、十津川が、いう。

「ただ誰もが、奇兵隊のために、アメリカや日本での成功を捨てて、この裁判に賭けている、とても出来ることじゃないと、感動していますよ」

「それは、亀井刑事もなんだろう？」

「そうですね。奇兵隊員の損害賠償は時効で、深町は服役することになりますがね」

と、いってから、鳴った自分のスマホに出て、何か話していたが、

「またらしいです」

と、亀井が、笑う。

「服役志願か？」

「そうです。深町の行動に感動した。自分の先祖は、奇兵隊ではないが、長州の人間なので、深町さんと一緒に服役したい。これで八人目です」

「裁判所は、困っているだろう」

「もちろん、断っているようですが、それなら、深町社長が、拘置所内で過ごしている間、拘置所の外で、座禅を組むつもりだと、いっているそうです」

「こういうのが、一番困るんだ」

と、十津川は、いった。笑わなかった。

「私が知りたいのは、深町の事件直前の行動なんだ。私は深町が、誰かを誘拐していたんじゃないかと思っている。そして、5号車の車掌室を使って隠しておいたんじゃないか――じゃないと七日間、地下にいたことの説明がつかない。その真相を知りたい。これは純然たる刑事の関心だよ。世論の論調が、変に道徳の教科書みたいになって、真の意味がわからなくなるのが、一番困るんだよ」

十津川は、本気で、怒っていた。

「おそらく、この背後に何かが、おきている」

「深町が、今回の事件にからんで、何かをしている、と」

「だから、しばらくは、ここに残って様子を見たいと思っているんだ。急用が出来れば、東京に帰らなければならないがね」

その言葉を聞いて、亀井は、苦笑している。

「出所後、深町は、ミスター・奇兵隊として、行動することになるだろうね」

と、十津川は、皮肉をいった。

6

（これからどうしたらいいのか）

十津川は、こう思いながら、ため息をついた。実は、今回、事件とぶつかって、「国家」というものについて考えることがあった。

十津川の先祖は、長州の人間ではないし、奇兵隊の人間でもない。

ただ、山口にいるので、いろいろな話を聞くことになった。

例えば、今も、会津の人たちは、自分たちの先祖を会津戦争で痛めつけた長州の人間を憎んでいて、娘は、絶対に山口県人には嫁がせないのだという話。

「冗談なんでしょう？」

と、聞くと、相手は会津人で、

「真剣です。絶対に、嫁にはやりません」

と、怒られてしまった。

とにかく、狭い日本である。

その狭い日本の中で、幕末から明治二年にかけて、六年間も戦争をやっていたのである。

そう考えてくると、十津川の親戚には、純粋な江戸っ子がいるらしいから、その子孫と、山口（長州）人との関係はどうなんだろう。

歴史的な認識が希薄な方がいいのかも知れないと思ってしまう。

国家と個人の関係もである。

(それなのに、何故、深町は、アメリカから日本に戻って、日本の刑務所にわざわざ、入ろうとするのか)

こうなると、どんな社会がいいのか、どんな国家がいいのかが問題になってくる。深町の動機も、このあたりに有りそうである。

原告側の証人・出口精一郎と、十津川が面会できたのは、彼がニューヨークに発つ直前だった。

「国連で、演説といったって、しょっちゅう誰かが演説してますからね。すぐ帰って来ますよ」

と、出口は、いう。

「出国前に、申し訳ありません。少しお話を聞かせて下さい」

十津川が、きいた。

「三十分くらいなら」

「それでもありがたい」

「ホテルのカフェで、話しましょう。あの店のコーヒーが美味いらしいから」

と、出口が、いった。

午後の遅い時間、マスターの他には、十津川と、出口しかいない。

「今回の事件で、先生は、深町さんに頼まれて証言される。ご苦労さまです」

「私が、お役に立てるのは、喋ることぐらいしかありませんから」

「先生は、前にも、深町さんに、お会いになっていたんじゃありませんか？」

「よくわかりますね」

と、出口が、微笑した。

「先生は、イギリスだけではなく、ニューヨークでも、活躍されているし、深町さんも、アメリカでの事業も成功されていますからね」

「向うは、大したものですよ。何しろ、年収百万ドル以上の資産家しか、相手にしないというんだから」

と、いってから、出口は、続けた。

「その深町さんが、今回、日本で恵まれない奇兵隊の子孫のために、尽くされているのを知って、実は感動しているんですよ」

「しかし、彼は、今回の件で、服役することになるでしょうね。主犯格だから」

「そんなことになる行動は、普通は出来ませんよね。何しろ、あの『サーブ』の社長さんなんだから」

「アメリカで、会われた時は、どんな話をされたんですか？」

十津川は、少し醒めた眼でコーヒーカップ越しに、出口を見た。

「アメリカでは、高杉晋作や奇兵隊の話は、殆どしていませんでしたね。だから、今回、いきなり奇兵隊の子孫の名誉回復の裁判だと聞いて、びっくりしているんです」

それでも、出口は、楽しそうだ。

「この店のコーヒーは、味が丸やかで、年寄りの私には、ありがたい」

「出口先生から深町さんに、何か伝言は、ありますか？」

十津川が、きいた。

「え？　ないんですよね」

と、いった出口は、一拍置いてから、

「今、気がつきましたよ。深町さんという人物は、伝えたいことが浮ばないんです。そういう人って、いるじゃありませんか」

と、ひとりで肯いて、カフェを出て行ってしまった。

（何か伝言をといわれると、それが見つからない人か）

その言葉を、とっさに、どう解釈したらいいか、十津川も迷ってしまう。

（完璧主義）

という言葉が、自然に浮ぶ。

伝えるべきことは、全て伝えている、という完璧主義者。

しかし、十津川の知っている深町は、何かを必死に隠している男でもある。

十津川には、宿題ばかりが残った。

（時間が欲しい）

ホテルを出て、町を歩きながら、そう考えていた。

突然、「四国艦隊音頭」なる唄が聞こえてきた。

よく見ると、四国に合わせた「カレー」が、売られてもいる。

イギリス風のジャガイモの多いカレー。

フランス料理風の凝ったカレー。

アメリカ風の、やたらに肉の大きなカレー。

オランダは、何故かジンギスカン風カレー。

いずれも深町が出資した事業だという。通り全体の気配も、日本風ではなく、どこか洋風になっている。

（多分、深町の好みなのだ）

と、十津川は、思った。

深町一族は、アメリカで、成功した。深町自身も、ずっと、優雅な生活を送っていたのだろう。

それが、刑務所生活に、耐えられるのか。

電話が鳴った。亀井からである。

「深町が釈放されました」

起訴をうけて、深町の弁護団は、保釈を申請していた。

深町は罪も認めており、逃亡や証拠湮滅の可能性がないと判断され、高額の保釈金を支払った末、保釈が認められたのだ。

この男のことを徹底的に、調べるんだ。十津川は、拳を握りしめた。

第五章　三人の男の顔

1

十津川らは、その後も山口に残っていた。

今回の事件（裁判）を主導する深町という男の背景を解明するためだった。

深町は、アメリカで成功し、一族は巨万の富を得ている。これは間違いない。

巨大な会社「サーブ」の社長が、深町である。

その深町が、何故、今回の事件を考え、実行したのか。

調べていくうちに、輪郭のようなものが見えてきた。

奇兵隊は、確かに、長州藩が生んだ現代的ともいえる軍隊だった。長州のみに、サムライだけではない、農民、商人、職人、僧侶たちを含む軍隊、奇兵隊が生れ、外国艦隊や、幕府軍と戦った。

長州藩に協力して、薩摩藩、土佐藩などが戦っているが、それらの藩で、戦ったのは、全てサムライたちで、奇兵隊のような存在は、長州だけである。

調べてみると、深町家は、代々、長州藩の御典医を務めていた。法眼と呼ばれる位も持っていた。

その御典医の深町法眼が、百五十年前、やむにやまれず、医療器具の代りに、銃を持ち、奇兵隊に参加した。その銃というのも、自ら長崎へ行き、当時、もっとも優秀といわれた、レミントン銃を手に入れていたのだ。

「サーブ」社長の深町は、法眼の血を受けついでいる。

そこで、十津川は、まず、祖先の深町法眼という男についても、調べてみることにした。

その奇兵隊で活躍した深町法眼も、子孫の深町も、高杉晋作によく似ていると思ったからである。

生れ育ちが、まず似ている。

奇兵隊は、下級武士と農民や商人・職人などの集りである。だが、創始者の高杉晋作は長州藩士であり、それも、上級藩士の家に生れ、最後まで、その地位にいた。

また晋作は、奇兵隊の創始者として、町人や農民と親しくしながら、彼自身の気持の中には、三百年来の長州上級藩士として、藩主、世子に仕えたという誇りがあったはずだ。その意識は、奇兵隊の考えと明らかに、相反しているのだ。晋作は死ぬまで、その矛盾した感情を持ち続けていたのである。

農民や商人、職人たちの奇兵隊を創り、その新しい兵士たちが、長州を救い、維新が完成すると信じる一方で、農民や商人・職人に一刻も早く、元の仕事に戻れと、叫んでいて、その矛盾の中に、晋作は生きて、死んでいるのである。

深町の祖先も、生れ育ちが、晋作に似ている。毛利家の御典医でありながら、一兵士に徹していた。それは、高杉晋作と同じように、自らの行動に、誇りを持っていたからではないのか。

とすれば、晋作と同じように、自分の中に、矛盾した感情を持ち続けていたのではないか。その深町家に続く矛盾が、百五十年後に、今回の事件へとつながったのではないか。

十津川は、この捜査に入るまでは、高杉晋作の名前は知っていたが、幕末に、どんな活躍をしたか、詳しくは、知らなかった。そのため亀井が受け取った柿沼美代子の恋文に出てくる晋作像さえ、十津川には新鮮だった。

とにかく、つかみどころのない人物である。ある意味、これを天才というのだろう。少し調べただけでもその行動は矛盾に満ちていることに気付く。

全員が反対でも、晋作は、たった一人で行動する。成算があるわけではない。どう見ても、勘で行動しているとしか思えない。だが、勝ってしまう。

そして、そんな自分を、晋作は、「性素(もと)より疎にして狂」と、表現する。自分でよくわかっているのである。

十津川は、そんな高杉晋作の行動を追ってみた。それは、深町という人物を知りたかったからだった。

2

「毛利三代実録」という文書がある。

長州藩と毛利家が編纂(へんさん)した毛利三代の編年史である。

毛利氏といえば、毛利本家と、小早川(こばやかわ)、吉川(きっかわ)の三家の団結の強さが、三本の矢の例(たと)えで有名だし、その団結があったおかげで、薩摩、土佐と協力して、徳川幕府を倒し、明治維新を成しとげたといわれる。

だが、その内実は、さほど強固でもなく、立派でもなかったらしい。

毛利家は、よく知られているように、百万石を超す大大名だったのに、関ヶ原の戦いの時、西軍に与したために、三十万石まで減らされ、中国地方の端の山口に押し込められてしまった。その上、何かというと、幕府から征長軍を送られている。

幕府の第一次征長軍に対して、あわてふためき、藩内は、「正義派」と「俗論派」に分かれて、上級藩士たちの中には、幕府への恐怖から、後には藩主を代えようとする者まで現われたほどである。

それを救ったのが、「奇兵隊」だった。

最初に長州藩が、外国艦隊を攻撃し、報復として砲撃された際、上級藩士たちは、頼りにならなかった。この後、藩主は、どうすべきかを、高杉晋作に聞いている。

晋作も、長州藩の上級藩士の家に生れている。

ここに歴史の妙を感じる。

もし、晋作が、下級藩士の家に生れていたら、藩主も世子も、晋作に大事を相談しなかったに違いないし、長州に奇兵隊も、生れなかったろうからである。

藩主から、長州藩の危機を救う策を諮問された晋作は、次のように答えている。

「臣に任せよ。臣に一策あり。請う、有志の士を募り、一隊を創立し、名付けて奇兵隊といわん」

その奇兵隊の応募者は、隊法については、西洋流、和流には拘らず、それぞれ得意の武器で戦うこととする」

その奇兵隊について、こう説明している。

時代は、アメリカなど、諸外国が、押し寄せて、日本に開港を迫っていた。

当時の日本は、政治の担当は、京都の朝廷（孝明天皇）と江戸の将軍の二つに分かれていた。外国嫌いの孝明天皇は、典型的な攘夷論者で徳川幕府に、すぐ、外敵である黒船を追い払えと命令した。

現実の政治を担当していた徳川幕府には攘夷などは、とても無理だとわかっていた。しかし、天皇が、やかましく、攘夷を要求するので、文久三年の五月十日になったら、攘夷を実行すると無責任な約束をしてしまった。

一方、当時の世の中は、圧倒的に攘夷だった。

とにかく、突然、十年前に浦賀に出現したアメリカの黒船に驚愕（きょうがく）し、ペリーの率いるたった四隻の蒸気船を見て、「泰平の眠りを覚ます上喜撰（じょうきせん）（宇治の高級茶。蒸気船にかけて）たった四杯で夜も眠れず」と騒ぎ立てた。夜逃げをする者もいた。

当然、追い払う方に賛成である。

しかし、晋作たちの正直な考えは「攘夷開国」だった。この直前、晋作は藩の命令で上海を訪れて、大国支那が西欧に敗れて、植民地化している実情を見ていたから、アメリカ、イギリスと戦って、勝てるとは思っていなかったのだ。しかし世の中も、長州藩も攘夷である。そこで、四国艦隊と下関で一戦交えれば、必ず敗北する。さすれば、世論も藩論も、開国に動くに違いない。これが晋作の考えた攘夷開国だった。下関を開港して、四国と取引きをして、新しい武器を手に入れる。それが、次の目標だった。

下関での四国艦隊との戦闘は、予想どおり長州側の完敗だった。戦闘は三日間続き、長州藩の主力砲台は破壊され、その上、上陸され砲台などを占領されてしまった。

藩主は敗北を認めたが、和議から逃げてしまい、その役を晋作に押しつけた。晋作この時、二十六歳である。

長州藩の家老宍戸備前の養子宍戸刑馬と名乗って、出席した。

扮装も芝居がかっていて、藩主から拝領した萌黄色のひたたれを着、黒の烏帽子をかぶっての正装である。

平然として、談判の場である連合艦隊の旗艦ユーリアラス号に乗り込んだ。通訳を

したイギリス側のアーネスト・サトウは、この時の晋作について、

「使者は、艦上に足を踏み入れた時には悪魔のように傲然としていたのだが、だんだん態度がやわらぎ、すべての提案を何の反対もなく承認してしまった」

と回想している。

実は、藩主から、何の権限も与えられずに、長州藩代表を務めていたのかもしれない。

ただ、四国側が長州藩に要求した莫大な賠償金は、徳川幕府に押しつけてしまった。

こんな時の高杉晋作の芝居がかった行動原理が、十津川には、いくら考えてもわからない。

「毛利家のため」とか、「長州藩のため」とは、言い切れないからである。

この講和談判の間、晋作は、友人に、次のように話していた。

「どうも毛利は亡びる。だから朝鮮へでも行って、他日、毛利家の子孫を迎えて家を嗣ぐだけの事を、やろうじゃないか」

冷静というか、冷たいのか、ふざけているのか。

それなのに、命がけで行動する。それが、何故か、芝居がかっている。

この講和の二年後、長州藩は、第二次征長幕府軍と戦うのだが、海軍総督だった晋

作は、藩に相談せず、三万六千二百五十両で勝手に購入した軍艦「丙寅丸」を動かして、征長軍を打ち負かす。その模様を、この海戦を目撃した坂本龍馬が、土佐の家族に、次のように伝えていた、という説もある。

「晋作下知して、酒樽数々かき出して、戦場にてこれを開かせなどしてしきりに戦わせ、とうとう敵を打ち破り肥後の陣幕、旗印など残らず分捕りいたしたり」

戦闘まで、芝居がかっているのだが、晋作に限って、嘘に思えないのだ。

晋作は、同志に裏切られて、こんな言葉を残したこともある。

「まことにもって知己多きと思いの外、君ひとりいて我に問うのみ、落涙の至りに候」

自分の創った奇兵隊でも、思うように動いてくれないことがある。当然だろう。常識的に考えて、勝つ見込みがない戦いを実行するバカはいない。

だが、晋作は、実行するのだ。彼一人でも戦うのである。成算があるからとはとても思えない。そんな時の晋作は、自分が死んだら、墓碑には「故奇兵隊開闢総督高杉晋作」と刻むように友人に頼んでいるのだが、面白いのは、「墓前に、芸者を呼んで三味線を奏でて欲しい」と、遺言もしていることである。

これが、冗談とも思えないところが、不思議なのだ。

晋作の恋人を自称している柿沼美代子の手紙に、「晋作様の絵草紙の中に、勇ましく、四国艦隊を指さしているものは、手に入ったが、硝煙弾雨の中で三味線を弾いて、都々逸を唄っているものがあると聞いて、何とか手に入れようとしたがとうとう入手出来ず、心残り」という話があった。

相手が、高杉晋作でなければ、そんなものがある筈がないと簡単に否定できるのだが、晋作ではあるかも知れないと思ってしまう。

晋作が愛用していた三味線が現存しているし、何といっても、

「三千世界の烏を殺し、主と朝寝がしてみたい」

の晋作である。

彼の作という、都々逸は多い。それも、ただの都々逸ではなく、大事な戦いや、政治戦略に絡んだりしているのだ。

「わしとお前は焼山葛、裏は切れても根は切れぬ」

これは、同じ奇兵隊の山県狂介（有朋。後の首相、元老）に、志は変らぬことを告げた手紙の中に書かれた都々逸である。

「真があるなら今月今宵、あけて正月誰も来る」

これは、功山寺挙兵の前のものだが、十津川は、死ぬ直前に作ったといわれる、

「己惚れて世は済にけり歳の暮」

が、気に入った。

晋作の創った奇兵隊の総数は八百二十二人ともいわれ、奇兵隊が主力となった長州勢は、六年間、戦い続け、明治維新が完成した明治二年に役目を終えている。

生みの親の高杉晋作は、その途中で、病に倒れているが、彼が創った奇兵隊がなければ明治維新はならなかったろう。

とにかく、武士以外の農民、商人、職人、寺僧たちが戦ったのは、長州の奇兵隊だけなのである。薩摩も、土佐も、武士以外は、明治維新で戦ってはいない。

従って、奇兵隊がいなかったら、明治維新はならなかったろうといえるのだ。

だから晋作は、病に倒れて動けなくても、

「己惚れて世は済にけり歳の暮」と、詠んでも、己惚れにはならないのだ。

その代り慎重な晋作は、奇兵隊のおかげで、手に入れた安楽は、すぐ、手放している。

「人は艱難を共にすべきも、安楽は共にすべからず」

と、晩年語った相手は、かつて、世話になった野村望東尼である。

この望東尼のことで、いかにも晋作らしいエピソードがあって、十津川はこれも好きだった。

晋作は、九州で世話になった望東尼（夫を失って僧籍に入っていた）が、筑前藩の勤王党弾圧に連座し、玄界灘の姫島に流されていることを知るや、病床で筑前脱藩の奇兵隊士六名を動かし、姫島の牢を破らせて、望東尼を救い出して、下関に迎えるのである。

長州藩主は、これまでの晋作の功績をほめたたえている。そうした功績を使えば、望東尼ひとりを救け出すのは簡単だったろうに、そうはせず、晋作は、病床で動けないのに、望東尼救出作戦の指揮をとるのである。

敵の脱藩浪人六人を使っての破牢作戦である。

この時、晋作は、不治の病といわれた結核にかかり、余命いくばくもないといわれていた。晋作の心中を想像するに、この作戦の指揮を取っている間だけは、病を忘れていたのではないか。

この精神の大きな振幅は、晋作という天才の一つの証拠でもある。

望東尼を救い出したものの、その望東尼に向って、

「面白きこともなき世を面白く」と作り、望東尼は、

「すみなすものは心なりけり」

と下の句を返している。

晋作は、どんな時代を面白いと思っていたのだろうか。

死が隣り合わせの時代に生きることだったのか。

避けられるのに、自分から死地に飛び込んでいく。芝居でなく、死を覚悟して、辞世を作り、墓碑銘まで作る。

床から起き上れない重病なのに、一人の尼を救出するための作戦を考え、破牢させる。

その助けた尼の前で、

「面白きこともなき世を」

と、文句をいう。

作戦の天才である。

その代り、藩主に断りもせず、三万六千両あまりの大金で、軍艦を一隻買ってしまう。結局、それが自軍の勝利に結びつく。彼自身は、その軍艦の甲板で、酒樽をあけ、都々逸を呑気に唄っている。

そのくせ、勝手に、二十代の若さで、亡くなってしまう。

明治二年に、内戦も終り、奇兵隊は、用済みになった。その数は正式には八百二十二名。

明治二年十一月になって、山口藩（長州藩）は奇兵隊に解散命令を出している。簡単にいえば解雇である。しかし奇兵隊員の多くは、農家の次男、三男で、帰郷しても、すでに田畠は失くなっている。

解雇を不満とした奇兵隊に農民たちも加わり千二百人余が、武器を持ち、三田尻で蜂起した。

これに、除隊して帰郷した者が加わった。

徳川を倒した精鋭部隊である。強い。忽ち、山口の藩主父子の屋敷を包囲し、十八ヶ所に砲台を築き、藩政府と対決した。

これに、新時代に不満を持つ農民一揆が加わったのだ。

東京から急遽、帰藩した明治政府参与の木戸孝允は驚いて、断固武力鎮圧の方針を取った。

これが、明治二年の奇兵隊の反乱である。

奇兵隊にしてみれば、バカにした話である。六年間にわたって戦い続けたのに、論功行賞も不十分なまま、放り出されたのだ。

しかし、奇兵隊員たちは自分たちの武力に、自信があった。長州軍の主力として徳川幕府を勝たせたのは自分たちだという自信である。

木戸は、常備軍三百、第四大隊二百五十、大阪方面から援兵を招いて、鎮圧に入った。

ところが、奇兵隊は歴戦の部隊で強い。明治三年に入ると、陶峠（すえだお）、鎧ケ峠（よろいがだお）、小郡柳井田（おごおりやないだ）などで、常備軍が鎮圧どころか、退却を余儀なくされてしまった。

しかし、奇兵隊の欠陥は強いリーダーがいないことだった。

実戦に強い兵士たちだったが、幹部の山県狂介たちは、鎮圧軍の側にいた。こうなると、奇兵隊は、単に、強いだけの農民、商人らの集りでしかなくなってしまう。理想も無く、単なる不満分子の集りになってしまった。

結局、奇兵隊は敗北し、逮捕され、処刑されて、この時の反乱は、終ってしまった。自らの故郷で、処刑されたものもいたという。

ここには、大いなる恨みが残っている。

3

そして、今回の事件である。

十津川は、一般の人々とは別の眼で、かつての蜂起を見てみることにしたのだ。

一見すると、奇兵隊の子孫たちだけの不満爆発のように見える。

しかし長州藩（山口藩）では、藩の上層部にも、明治維新に対する不満があったのではないかと、十津川は考えた。

それは、明治十年に起きた西南戦争のことが、頭にあったからである。

薩摩も、長州と同じ、勝者である。それにも拘らず、鹿児島の士族たちは、反乱を起こしている。

長州でも同じ事件が起きていないかと調べた結果、「萩の乱」という言葉にぶつかった。

やはり、長州でも、藩の上層部に不満分子がいて、事件を起こしていたのである。

明治九年（一八七六年）というから、奇兵隊の不満分子が、反乱を起こした七年後である。

こちらは、山口県・萩で、前参議、兵部大輔、前原一誠が起こした士族（藩の上層部）の反乱である。

前原は、就任したばかりの兵部大輔を辞し、萩に帰郷した。

彼は、明治新政府の方針に不満を抱き、旧士族の困窮や、徴兵令などを批判し、萩の明倫館（藩校）に同志を集め、殉国軍と称して、不平士族に訴え、県庁を襲撃した。その数、百五十人余。

　これを、鎮圧したのが、下級藩士上りの元奇兵隊員の山県有朋（当時陸軍卿）だから、運命とは皮肉である。

「萩の乱」は、鎮圧され、前原一誠は島根県で逮捕、刑死した。

　西南戦争の場合も、同じような鹿児島士族の反乱である。萩の乱と同じように、学制、徴兵令など、近代化に反対し、特に廃刀令など士族の特権を奪われることに反対した。この時は、西郷隆盛という大物リーダーがいたので、実に一万三千人の士族が、反乱に参加している。

「萩の乱」の主人公前原一誠に加担した同調者は、すくなくて、百五十人とされている。

　陸軍卿・山県有朋によって、鎮圧され、前原一誠は処刑されたとなっているが、上手く逃げた子孫で、今も反権力の念を隠し持っている人物がいるのではないかと、十津川は、考えた。

　深町は、その人間を知っていて、SLやまぐち号の5号車の強奪事件の背景で、接触していたのではないか。

調査を進めた十津川は、一つのヒントを手に入れた。それは、毛利家の意外なモロさである。藩内は、正義派と俗論派に分かれ、乱れに乱れていたこともわかった。その次の段階である。

奇兵隊も、論功行賞が不満で反乱を起こしていたし、前原一誠のような上級藩士たちも、同じように新政府への不満を持って、反乱を起こしていた。

十津川は改めて幕末の毛利家を調べた。

最初は、毛利本家、小早川家、吉川家だったが代を重ねるにつれて、分家が、増えていったことがわかる。

明治に入ると、御三家の分家が、増えて、それぞれ小さな屋敷を与えられていた。

その一つ「黒岩家」に十津川は、注目した。

山口県警などに話を聞くと、現在の黒岩家の当主黒岩太一郎は、なかなか、面白い人物らしい。

山口県選出の代議士である。

毛利三代は有名だが、だからといって、その子孫が、今も山口の政・財界で、絶大な力を持てている、というわけではない。

毛利家の子孫というより、下級藩士から、奇兵隊の幹部になり、総理大臣にまで出世した山県有朋の方が、はるかに有名だろう。

十津川が、黒岩太一郎をマークしたのは、現代の山口で、何かというと、名前が出てくるからである。

それに、毛利家の分家の子孫であることは事実で、名前を利用する側から見れば、利用しやすいこともある。

深町との関係はどうなのか、と考えていると、ある情報が入ってきた。

「黒岩太一郎は、現在行方不明になっています」

と、亀井が、十津川にいった。

「本当か？」

「下関の自宅にも長らく不在です。東京の議員会館にも立ち寄っていないようです。プロフィールを見ると、まだ四十代ですね」

「高杉晋作のマネが、得意だそうだ。少し太った晋作だ」

「未婚のようですね」

「女にだらしがないらしい。自分では、高杉晋作みたいに、もてすぎて逆に結婚のチャンスがないと、自慢しているらしい。要するに人がいいんだろう」

「その黒岩太一郎は、深町にとって利用価値があるということなんですか？」

そのとき、北条早苗が、会話に加わった。

「これは、まだ聞き込みの段階ですが、保守党の大きな派閥のリーダー・滝川（たきがわ）氏の娘の一人が、黒岩太一郎と交際しており、結婚は確実ということです」

「黒岩太一郎を使えば、ここを動かせると、深町が考えたのか？」

「滝川氏の地盤も、山口だからね」

と、十津川はいったが、まだ、調べ始めたばかりの段階である。

深町と、黒岩太一郎の関係も、わかってはいない。

「深町の反応は、まだわかりません」

と、北条はいう。

「黒岩太一郎は、以前、ある週刊誌で、過激な発言をしています」

「どんなことを？」

「『山口県を長州と呼ぶことをもうやめませんか？　新しい時代には、ここ山口が、九州と韓国を入れた新しい経済圏の中心になっていくべきだ。令和の時代に、長州という呼び名は必要ない。我々代議士は、山口のことを超えて、国家のことを考えるべきなんです。そうすれば、国家が私たちを守ってくれるのです』と語ってます」

「この言葉を聞いたら、深町は黙っていないだろうな。ただし証拠は、今のところ、全くないから、慎重に捜査をすすめよう」

十津川は、いった。

今は人々の同情が、深町に集っている。従って、下手なことは出来ないのだ。こちらの動きが筒抜けになる恐れがあった。

「黒岩太一郎の情報を集めてくれ」

と、十津川が、指示した。

4

関係者のプロフィールや、写真が、集り始めた。

選挙が近く、黙っていても、集ってきた。

十津川は、北条刑事とカップルの形で、下関に足を向けた。

下関—滝川—黒岩、そして、深町の関係を調べるのが、目的だった。

下関駅近くのビルに、記念館があった。名称は「毛利記念館」である。

わざと、北条刑事が、二人分の入場料を払い「初めて来たんですが」と、受付で、説明を求めた。

この毛利記念館のことは知らなかったというと、女性館員は、

「実は、最初は、アメリカでオープンしました」

と、教えてくれた。

「とすると、この記念館は何かの宣伝のためですか？」

「館内をご覧になると、よくおわかりになると思います。アメリカで、成功した『サーブ』という警備会社があるのですが、アメリカでは、競争が激しいので、売上高が伸びない。たまたま、その会社が日本人の経営だったので思い切って、将軍や、大名の安全を受け合う会社のイメージを宣伝に使ったのです」

「とにかく、その宣伝の様子を見たい」

と、十津川と北条刑事は、途中から、館内に、身体を滑り込ませていた。

館内は、異様な雰囲気に満ちていた。

ロールスロイスやキャデラックの高級車に、将軍や、大名に紛したサムライが乗り込み、

「タイクーンやダイミョウの高貴な安全は、今は、カタナやヤリでは守れません。絶対の安全を保証する『サーブ』で！」

米語と日本語が入り乱れ、将軍や、毛利公、奥方や、小姓が、高級車や、プライベイトジェット機を乗り降りする映像が流れている。

忍者に襲われる写真まである。

思い切り映画的で、少し時代おくれの劇画的な宣伝だが、それが、かえってアメリカ人に受けたのかも知れない。

「この記念館が、最初は、アメリカにあったわけですね？」

と、十津川は、念を押してから、

「それを、日本人の深町グループが、ビジネスの宣伝に使って成功したわけですね？」

大がかりな事件が絡んでいるので、十津川はしつこく念を押した。

その女性では、わからないことも出て来て、途中から、文字通り青い眼の館長が、写真集を持ち出して、説明に使った。

その館長は、何故か日本語は流暢(りゅうちょう)だった。口から出るストーリィは、あくまでアメリカン・ドリーム的な成功譚(せいこうたん)で、やたらに明るかった。この山口では、深町が刑事事件と民事裁判の渦中にあるというのに、暗さは、全く感じられない。

十津川が、館長にぶつけてみた。

「山口で、奇兵隊の損害賠償の裁判が行われていることは、ご存知ですね？」

「もちろん、聞いていますが、アメリカでのビジネスの成功とは、関係ないでしょう」

「いや、日本での裁判の主役は、アメリカで成功した深町家の一人ですから、関係ないとはいえません」

「しかし、深町一族がビジネスに成功したことは、変らないでしょう。社長が奇兵隊に興味があることは知ってましたが、本業じゃないですから」

「今回は、深町さんは、裁判の仕掛人になっていますよ」

「それが本当なら、ビジネスに影響するかも知れないな。何故、何のトクにもならない裁判を起こしたりしたんだろう？」

「あなたに、相談はなかったんですか？」

「ここに来て、この記念館に専念してくれとだけいわれましてね。裁判の方は、あまりかかわっていないんです」

と、館長は、いってから、急に、強い眼を向けて、

「失礼ですが、担当の検事さんですか？」

と、きいてきた。

「いや。ただの刑事です」

「しかし、深町社長が起こした今回の事件について捜査されているんでしょう？」

「疑問点を、調べているだけです」

（妙なことになってきたな）

と、十津川は内心思っていた。

あくまでも、ひそかに、なおかつ、深町克彦の協力者と、黒岩太一郎が行方不明になっていること、について調べるつもりだった。そのための独自捜査である。

「館長は、日本へ来たのは初めてですか？」

「そうです。ずっとアメリカでした」

「日本に来ての感想を、聞かせて下さい」

十津川がきくと、館長は笑った。

「向うで、最初に仕えた日本人が、深町社長だったので、日本人は、みんな、社長みたいに変っているのかと、日本に来るのが怖かったんですが、来てみたら、他の国と同じで、深町社長みたいな変り者は少いので、安心しました」

「他にも変り者は、いたんでしょう？」

「二人いました。一人は」

「誰です？」

「地元の国会議員であるミスター黒岩。普段は大らかなのに、時々、皮肉屋になるんで困る。あれは長い間、上流家庭に育ったため、自分の皮肉で相手が傷つくのに気がつかない、アメリカのエリートに多い人種です。情けないことに、アメリカ人はそれをユーモアだと勘違いしています」

「他には？」

「歴史上の人物で、ひとり見つけた」

「誰です？」

「百五十年前に日本を変えたミスター晋作。タカスギ・シンサク。日本に来てから調べているんだが、この男は、変っている。奇兵隊という当時、もっとも近代的な軍隊を作っていながら、その一方で殿様のためなら死ぬ気の古い倫理観に生きているサムライで、多分、自分でも、自分の生き方、死に方が、わからなかったんじゃないですかねえ。うちの社長の先祖に、何処か似ていますよ。自分から志願して奇兵隊の一兵士になりながら、その一方で、三百年間、藩の御典医という名誉な地位にも、代々、ついていたんですから」

十津川が、きく。

「御典医、深町法眼の名誉ある人生と、奇兵隊の一員となった行動。この二つが重ならない、と」

「そうです。あえていうなら、その瞬間、瞬間に、どちらかの人格が、顔を出していたと、私は思っているんです。名門・深町家の跡継ぎである面と、高杉晋作的な部分が」

「しかし、深町社長は、その分裂した感覚でアメリカで成功したわけでしょう」

「私は、社長の感覚は古いと思っていました。現代の広告には、絶対にマッチしないと感じていたんですが、成功してしまったんだから、わけがわからない」

館長は、使用された広告写真や、アメリカの広告賞を受ける深町克彦の写真を見せてくれた。

ロールスロイスやキャデラック、といった高級車の大群、襲いかかる忍者たち、音楽は時代おくれのカントリィ。

そこに、高杉晋作に扮したヒーローが、サムライ姿で、現われて、閉じ籠められたアメリカ人たちを助け出す。

「もっと現代的な保険や、スマートなボディガードが、アメリカにもあるんですが、この時代おくれの感覚が、何故、今のアメリカ人に支持されたんですかねえ」

「この古めかしい景色と、高杉晋作たちの人間性が、逆に疲れた現代アメリカ人にマッチしたんじゃありませんか」

と、十津川は続けて、言った。

「ぜひ、あなた自身の考えを聞かせて下さい」

館長は、身振り手振りを交えながら、語ってくれた。

「深町の祖先は、彼自身の中に混乱があったと思うのです。志願して奇兵隊に入ったが、三百年来の御典医の感覚が、残っていた。いつもは抑えているが、突然それが噴出してしまい、自分でも、どうすることも出来なくなる。ある時の作戦会議で、それが噴き出して、会議をめちゃめちゃにした、という話を聞いています」

「それを知りたいですね」

「下関の近くで、第二次征長軍と、奇兵隊が対峙していた時のことらしいのです。向うは千人、こちらは八十九人と多勢に無勢でしたが、深町社長の曾祖父は、夜襲をかければ勝てると、言い出した。奇兵隊の一兵士といっても、御典医という出自ですから、だれもが遠慮して、反論する者がいなかった。ところが、ひとり青木小介という若い兵士が、深町法眼に面と向って『今、夜襲などすれば、われわれは必ず全滅して、収拾がつかなくなる。ここは強力な〝黒岩隊〟が近くにいるので、明朝、協力して攻撃すれば勝利する。今からの夜襲は、止めるべきだ』と主張したのです。他の兵士たちも賛成して、深町は、孤立してしまった。普通なら、夜襲中止で決まるのですが、この時、深町は、なぜか、激怒したのです。相手の小介は、農民あがり、それも貧乏百姓の家に生れて、『――村の小介』と呼ばれていた。それが奇兵隊に入って、青木という姓を貰って、青木小介となった男でした。そんな男に言い負かされているのだと思ったとたんに、多分、屈辱で、いっぱいになったんだと思いますね。深町は、三百年来の御典医の家に生れ、藩主や世子の脈を診てきた。なのに、『――村の小介』に言い負かされてしまった。そうなると、なおさら、カッとして、小介に向って、罵倒してしまったというのです。一番、その場にふさわしくない汚い言葉を、ぶつけてしまったのです」

「黙って、こっちの言うことを聞け！　ですか？」

「違います。もっとひどい言葉でした。『黙れ！　無礼者！』と、相手を睨みつけて、顔を真っ赤にして、叫んだというのです。『君たちはこの小介に欺されているバカ者だ。この小介は、百姓だ。無知な百姓だぞ。こんな百姓に長州の危機がわかる筈がないだろう。君たちは、予を誰だと思っているんだ。代々毛利家に仕える御典医だぞ。それなのに、百姓の言葉を信じるのか』

十津川は、呆然として、

「あまりにもひどいですね」

「普通なら口にしないでしょう。それが、飛び出してしまうのは、彼の家系ゆえでしょう。三百年の歴史だと思います。その驕りが、ふっと飛び出してしまった」

と、館長は、いう。

アメリカ人は、二百年余の歴史しかないから、やはりそこに拘るのだろう。

「それに、自分のことを予といったんですか。それもおかしい。感情が激して自分をそう呼んだんでしょうね」

「話は変りますが、当時、若い奇兵隊士が、自分のことを、何と呼んでいたのか興味があるんです」

と、館長がいった。

「写真はあるんですが、録音がないので。十津川さんは、日本人だからわかるでしょう？　わずか百五十年前だから」

「その点は、いろいろと調べました。どうやら、僕と言い、手紙にも書いていたようです」

「今の若者と同じですね。拙者じゃないんですか」

館長は、少しばかり、がっかりした顔になった。映画や、テレビドラマで研究して、サムライは、拙者といっていたと信じたのだろう。

「私も、確信はありませんよ。ただ、当時、若者の間で、自分のことを、『僕』と呼ぶのが、おしゃれで、はやっていたと聞いたことがあるんです」

脱線した館長の話を、十津川は元に戻した。

「それより、深町が、どうなったか、教えて下さい」

黒岩太一郎の先祖であるという黒岩隊の隊長と、深町法眼の間に、何かあったとなれば、事件解決に少しは近づくのだ。

「その時、黒岩隊が近くにいたことはいいましたよね。黒岩隊の隊長は、現在の太一郎さんの本家筋にあたる、黒岩竜太郎さんですが」

「彼は、毛利一族のひとりですよね。それなら、深町より位が上だから、笑ってその場をなごませれば、深町も怒りが、おさまったんじゃありませんか」

「確かに、毛利一族のひとりですが、皮肉屋で通っていたといわれています。権力者の中に多いじゃありませんか。いつも、上からものごとや人間を見ているので、何をいっても、皮肉に聞こえてしまう人が」

「そうなってしまったんですか？」

「黒岩隊長は、合流後、深町法眼と青木小介たちのやりとりを聞くと、笑いながら、いったそうです。『よくぞ、正しい献策を！　さすが奇兵隊だ。元気があって、うらやましい。黒岩隊を待って正解だったぞ！』と」

「それはまずい。深町法眼のプライドを傷つけて、火に油を注いでしまう」

十津川が、いうと、館長は、笑った。

「その通りになったそうです。深町法眼は、ふたたび怒り狂って、『ここにいるのは腰抜けばかりの役立たずだ。予は、一人でも決行する！』と叫んで、飛び出しました。陣地内につながれていた馬にまたがると、征長軍に向って単騎突入して行ったのです」

「簡単に討ち死にしてしまったのではないですか？」

「それが、偶然、この日、この時が、維新という歴史の裂け目に当っていたんです」

と、館長が、いうのだ。

「いったい何があったんですか？」

「征長軍を指揮していたのは、時の将軍徳川家茂(いえもち)で、この時、大坂に陣を構えていました。ところが、突然、病死してしまったのです。もともと、征長軍というのは、諸藩の集りですから、リーダーを失うと、戦う理由も失ってしまい、バラバラに、自藩に引きあげ始めたんです。下関周辺で、対峙していたのは、小倉、柳川、唐津、久留米といった小藩の軍勢ですが、それが引きあげていったので、深町法眼は、死なずにすんだわけです」

「深町一族も、黒岩一族も、その強運が、今も、続いているわけですね？」

「本家ではありませんが、その血を引く、黒岩太一郎さんは、現在、代議士ですからね。深町社長はどうですかねえ。ビジネスに成功したのに、何故か、自ら、その幸運を捨てようとしています。黒岩家と青木小介への憎しみとは、これほど時間がたっても消えないものでしょうか」

と、館長は、下を向きながらいった。

「アメリカに渡ったからこそ、先祖の無念について考えるのかもしれませんね」

十津川は、こういって、続けた。

「しかし、今のところ、深町さんの評判はいいですよ。ビジネスの成功を捨てて、百五十年前の奇兵隊の名誉のために、服役も、辞さない。裁判でも闘う。こういったことは、日本人は好きですから」

「十津川さんのいうとおり、そうであれば、いいんですがね」

と話し、館長は、こう続けた。

「私は、深町法眼のことも調べているんですが、当時、毛利家の御典医なのに、奇兵隊の一兵士になって戦ったというので、人気があって、ブロマイドまで作られています」

「ブロマイドですか」

十津川は驚いたが、当時、写真が、撮られていたのだから、人気者のブロマイドが、作られてもおかしくはないのだ。

館長は、いくつかの写真アルバムを奥から、持ってきて、見せてくれた。

ブロマイドといっても、印刷技術は拙いから、手帳に、一枚ずつ、写真を貼りつけたものである。

江戸や京都、長崎で発行されたブロマイドには、芸者だけの華やかなものがある。

深町法眼が、御典医の恰好で、右手に、レミントン銃を持つ不思議な写真があった。

武士の、ブロマイドもあった。高杉晋作や、勝海舟、それに彰義隊士だけのものもある。

「面白いと思いますよ。当時のサムライは、みんな同じような顔をしている」

と、館長は楽しそうにいう。

「アメリカ人のあなたから見て、当時の日本人は、美男子ですか？」

十津川は、ブロマイドを見ながら、聞いてみた。

藩主や、有名人の写真が多い。

山口の藩主毛利一族の写真もある。

「皆さん、細面(ほそおもて)で、なで肩です。高杉晋作のように馬にたとえられたサムライもいますが、それでも細面で、現在の女性のように、なで肩です。これは当時の西欧人と同じで、美男子の条件です」

と、館長が、いう。

そういわれて、改めて、館長を見ると背が高いが、細面で、なで肩である。

それでも、相手の言葉をお世辞と受け取っていると、館長は、笑顔で、

「日本のサムライは、美男子かどうか、フランスの有名なデザイナーに写真を見せて、聞いた人がいました。ルイ・ヴィトンのデザイナーにです」

「それでどんな答えだったんですか？」

「何枚かのサムライの写真を見たあと、デザイナーは、一枚の写真に感動して溜息をついたそうです。このサムライこそ、完璧だといって」

「誰ですか？」

「日本人もよく知っている人物で、写真もよく見ている筈です。会津藩主・松平容保(まつだいらかたもり)

です。京都守護職をしていましたよね。細面、身体つきも、ほっそりしていてなで肩、その顔つきは、高貴そのもの、ヨーロッパの貴族の顔だといって、絶賛しています」

「深町一族も、細面で、なで肩ですね」

と、十津川は、いった。

「そうです。三百年の歴史が作った顔であり体形です。深町法眼は、プライドが高かった。その鼻をへし折ったのが、青木小介であり、黒岩竜太郎だったのです」

十津川は、外を眺めた。

眼下に、下関の町が広がっている。

改めて、この町が歴史の町だとわかる。

平家滅亡の地「壇ノ浦」。

四国連合艦隊との戦場。

日清戦争の講和会議が開かれた市内の料亭「春帆楼(しゅんぱんろう)」。

下関海峡を挟んで見える、征長軍と奇兵隊との戦いの跡。

そんな歴史の縁が、黒岩太一郎や、深町社長を結びつけるのか。

十津川は、自分が背負ってしまった事件の重さを改めて、感じていた。

行方不明になった黒岩太一郎。深町は、彼にも、復讐をしようとしているのか。証拠は、いっこうに見つからない。

深町は、ＳＬやまぐち号の事件の主犯だが、今のところ、アメリカでの成功を犠牲にして奇兵隊の名誉を回復しようとした動機を、賞讃されている。

表面上の死者は、今のところ一人だけだ。

深町社長の企業「サーブ」が、山口県に多額の寄附をして、改築された町並みは、安全になり、賑やかになり、人々は、喜んでいる。

十津川の頭に、三人の姿が浮んだ。

深町法眼、侍の姿をした青木小介と黒岩竜太郎である。

このとき、下関で、十津川は、奇妙な噂を聞いた。

山口の生んだ、ある有名政治家が、深町のためにと、動き出したというのである。

しばらく、名前を聞かなかったが、今でも、保守政治家第一の実力者だといわれている。

その政治家が、ここにきて、

「自分は何よりも山口を愛している」

「高杉晋作の伝記を最近、興味を持って読んだ」

「彼が創った奇兵隊は、もっとも早く生れた近代的な軍隊である」

と、いった言葉を、側近に、もらしているというのである。

十津川は、その真意が知りたくて、彼の秘書である沢田幸一に、会って話を聞くことにした。

「現在山口で、行われている裁判のために、警視庁から来ている刑事です」

と、自己紹介してから、

「この裁判というか、事件をどう考えておられるか、お伺いしたいのです」

と、いった。

沢田秘書は、ニッコリする。

「うちの代議士は、山口のというより、長州の人間という誇りを持っています。長州が、主導し、薩摩、土佐、肥前が協力して、明治維新を成しとげたと思っているからです。従って、高杉晋作も好きだし、奇兵隊にも関心があります。眼に見える助力は出来ないが、奇兵隊の名誉回復に、微力をつくしたい。何しろ自分と同じ長州が生んだ英雄だからと、いっています」

「裁判を起こしたサーブの深町社長についても、先生は関心が、おありですか？」

「彼も長州が生んだ成功者で、自分を犠牲にして、奇兵隊のために裁判まで起こした人物だから、大いに関心があると、いっています」

説明している間も、沢田秘書の携帯電話に、ひっきりなしに、電話がかかってくる。

沢田は、嬉しそうに、ニッコリして、いう。

「深町さんのために、何かすることはないか、そのためなら、どんなことでもしますという連絡が次々にきています」

深町への同情は、そうとう強いようだ。

「十津川さんでしたね」

沢田秘書は、立ち上ると、早口でいった。

「何か、代議士に頼むことがあれば、なるべく早めに、私にいって下さい。本来の仕事が忙しくなりそうなので」

十津川の返事を待たずに、乗ってきた車に向って小走りに消えた。

（黒岩の誘拐、もしかしたら殺人の疑惑という大きな荷物を、あの秘書に持ち込んだら、有名政治家にどう伝えるつもりだろう？）

十津川は、一瞬、空を仰いだ。

第六章　怨念の深さ

1

十津川は、「サーブ」社長の深町克彦の犯罪を次のように考えた。

簡単にいえば、奇兵隊に対する冷たい待遇への怒りと、曾祖父・深町法眼を侮辱した黒岩家への怒りを、ともに晴らそうとしたのだろう。

SLやまぐち号を消す、という大仕掛けの舞台裏で、毛利家の分家の子孫である黒岩太一郎を誘拐したと推理をした。深町の曾祖父と、黒岩竜太郎との間に生れた確執を、現代にまで引きずっていたのは、なんとも執念深い。

それに黒岩は今、山口県選出の代議士で、周囲を驚かせる効果もある。

十津川は、亀井にこう命じた。

「釈放されて、裁判を待っている深町克彦に話を聞きたい。手配してくれ」

「山口県警を通じて、やってみましょう」

と、亀井は、こたえた。

数時間後、十津川と亀井は、深町が滞在するホテルの一室で、彼と対峙していた。

「十津川さんが、何をしに来たか、だいたいの想像はつきますよ。十津川さんは、私が、黒岩太一郎を誘拐したと思っているみたいですね」

「違うんですか？」

「証拠はないでしょう」

「しかし、奇兵隊にまつわる歴史的な流れ、周囲の証言は十分それを示唆していると考えています」

「私は、自分の曾祖父が、奇兵隊にいたことを、誇りにしているから、奇兵隊の名誉回復のための裁判を起こすことが、目的だったのです。勝てないとしても、裁判に訴えたことに、意味があると思っている」

「黒岩太一郎への恨みはない、というんですね。私は、黒岩家と青木小介に、先祖が屈辱を味わわされたことへの怒りを、あなたから感じます。その血を引く、黒岩の代議士としての立場を利用して、中央政界との関係を作り、裁判を有利に進めようとしたという可能性も考えています」

「否定も肯定もしません」

と、深町は、いう。

「あいまいなご返事ということは、黒岩を誘拐したことを、認めているんですね」

「肯定はしません」

「どういうことです」

「私が否定しても、黒岩太一郎は、見つかっていないのだから、十津川さんは、私が誘拐して、もしかしたら、死なせていると考え続けるでしょうからね」

「確かに、私は、あなたを、黒岩太一郎を誘拐した犯人だと思っている」

十津川は、負けずに、いった。

「名刑事として、名高い十津川さんならではの推理なのでしょうね。ただ、もっと大きく事件と裁判を見てくれませんかね」

と、深町は、いった。

「どんな風にですか？」

十津川は、わざと、きいた。

「怨念ということにとらわれず、もっと大きな視点から考えてみてください。そうすると、少し違って見えるかも知れませんよ」

と、深町はいい、それきり、黙ってしまった。

十津川は、深町をにらんでいた。

無言の時間が続いた。

「十津川さんからのお話が、それだけなら、私は、これで失礼したいと思います。なにかと忙しいものですから」

この部屋からの退室を、うながされた十津川は、いった。

「今日のところは、これで失礼しますが、深町さんには、きっと、またお会いすることになるでしょう」

部屋を出ようとする十津川と亀井に、深町が語りかけた。

「その時がくれば、またじっくりと、話をしましょう」

曾祖父が奇兵隊にいた深町は、奇兵隊の名誉を回復しようと、裁判を考えた。

背景には、自分の曾祖父を嘲笑(あざわら)った黒岩家と、青木小介の血を引くものたちに、復讐をしようとの考えがあるはずだ。

他に、どんな要因があるというのか。

十津川は、ホテルに戻ってからも、落ち着けなかった。

深町が誘拐犯であることは、間違いないと確信しているが、肝心の黒岩太一郎が、すでに、この世にいない可能性もある。

何か大事なことを、見逃している気がしてきたのだ。

(怨念による誘拐説から、離れて考えてみよう)

と、十津川は、思った。

2

宿泊先にあるカフェで、十津川は、マスターにコーヒーを頼んだ。

先に座っていた亀井が、柿沼美代子の手紙を読んでいるのをみて、あることを思いついた。

「カメさん、京川寺の住職のところへ行こう。彼なら何か知っているはずだ」

二人が、京川村の寺を訪れると、本堂には、住職がひとりでぽつんと座っていた。

「そろそろいらっしゃる頃かと思っておりました」

十津川が、いう。

「住職におききしたい。もしかして、柿沼美代子が、ラブレターを書いた相手は、高杉晋作ではないのではないですか？　そもそも、なぜ書いたのか」

「長州征伐の軍に、立ち向っていたときの奇兵隊は、一つにまとまっていたようでいて、その内実は、いろいろとあった集団でした」

住職は、おもむろに語りだした。

征長軍の総大将が病死し、小藩のいくつかが、脱落したからといって、この軍事侵攻が終ったわけではなかった。

総大将は、すぐさま、徳川慶喜に代った。慶喜は、その才能が高く評価されていて、警戒されてもいた。

現実に、徳川慶喜は、自ら陣頭に立って、指揮を取り、山口まで攻め込むと豪語した。

そのころ、深町法眼が暴走した「双葉隊」では、青木小介の策が、黒岩によって、採用された。家茂の病死で征長軍の志気が低下しているからこそ、正攻法で行こうというのである。

ただ深町だけは、夜襲にこだわったために、彼一人、後続の「武烈隊」に廻された。

征長軍も意地があり、戦いは熾烈を極めた。「双葉隊」も二十名の犠牲者を出した。左翼を担当した「黒岩隊」が敵を圧迫したことで、ようやく「双葉隊」も敵を撃退することが出来た。

「黒岩隊」も、隊長の黒岩竜太郎が、征長軍の銃弾をあびて負傷をしたが、毛利一族の誇りを見せて、退かなかった。

小介は、この戦いの功によって、生れた村名を名字に使うことが許された。以後、京川小介と名乗っている。

柿沼家と、京川小介は、そこで、つながっていた。

美代子の家は、京川村の大庄屋だというから、小介は小作の一人だったかも知れない。

小介は、青木の姓を捨てて、生れ故郷の京川村の姓を名乗ることが、誇らしかったにちがいない。

黒岩竜太郎には子供が出来なかった。征長軍との間の激戦で受けた敵の銃弾によって、怪我を負い、その影響で、子供が出来なかったらしいのだ。

黒岩は、若い京川小介の戦いぶりに惚れ込み、数年後、京川小介に、次男が生れたのを機に「長男を養子にほしい」と申し入れたのである。

この時、京川小介四十歳。長男は九歳だった。

京川小介の長男は、黒岩姓を名乗って、パリへと留学。立身出世をしていく。

京川小介の人生は見事である。

次男も、立派に育て上げたのだ。次男は、二代目京川小介として、京川村のために貢献したといわれている。

そして、三代目の京川小介も、村の中心人物となっていた。柿沼美代子は、京川村と、名草駅を繋ぐ路線の設置に奔走しているとき、十歳年上の、三代目京川小介の力を借りたという。

柿沼美代子は、このとき世話になった、京川小介に惚れてしまっていたのだ。

ところが、この三代目には妻と子がいた。京川小介宛に書けないラブレターを、高杉晋作に宛てて、託していたのだ。


住職から、この話を聞いて、十津川は一つの理解を得た。

深町の曾祖父と確執があった、青木小介と、黒岩竜太郎、この二人の人生が、現在の黒岩家当主・黒岩太一郎に収れんされていた。

深町克彦が、黒岩太一郎を狙う理由が、また一つ、明らかになったのだ。

「怨念ではない」という深町の言葉が、十津川の頭にひびいていた。

3

有名政治家の秘書・沢田から十津川のもとに連絡が入った。

九月上旬、誰かが、事務所のメールアドレスを使って、秘書の沢田名義で、黒岩太一郎宛にメールを送っていた痕跡がみつかった、というのだ。

内容は、「九月二十八日のSLやまぐち号に乗って、支援者と会ってほしい。次の選挙のことについて話し合いたい」ということだった。

九月上旬に、秘書の一人が、事務所を辞めていた。その人物は、消えたSLやまぐち号に乗っていた男、安藤勇人（あんどうはやと）だった。

黒岩太一郎は、あの日、SLやまぐち号に乗っていたのだ。

十津川は、こう推理する。

列車は、雨のせいか、かなり空いていた。

午前十時五十分SLやまぐち号は定刻に新山口駅を出発した。

十一時十三分、山口駅発。

その時、一人の男が、黒岩に近づいて来た。

安藤勇人である。

男は、顔を近づけると、小声で、

「おれはナイフを持っている。騒ぐと刺すぞ」

と告げた。

確かに、何か光るものを持っていた。

「5号車に向って歩け」

と、男が命令する。

「5号車の車掌室に入るんだ」

黒岩太一郎は、夢中で、5号車車掌室に飛び込んだ。

5号車の車掌室のドアは、外から、カギをかけられた。

車掌室の中では、黒岩が息を殺している。

そのまま、4号車と5号車の連結が外され5号車は、重さで、徐々にブレーキがかかり、やがて、ゆっくりと、後退を始めた。わずか一、二分の出来事だった。

5号車が切り離されたＳＬやまぐち号は、そのまま、仁保駅に到着しようとしていた。

仁保駅は、大さわぎになった。

5号車だけが、消えてしまったのだ。

消失させた動機は、犯人からの声明と、柿沼美代子の最後の手紙を読むことで、浮び上ってきた。

一部では、英雄扱いをされている深町克彦の、もう一つの犯罪も見えてきた。

黒岩太一郎の誘拐劇である。

「深町と平松をのぞく、三十名は5号車から姿をあらわしたが、黒岩は、まだ見つかっていない。生存しているかどうかも不明だ。動機は謎だが、深町克彦に、黒岩太一郎を誘拐したことを自白させなければならない。そうしなければ、事件は終らないんだ」

と、十津川は、いった。

5号車を盗んだ容疑だけでは、深町の罪は重くない。今のままで、裁判が終れば、せいぜい、短い刑期を科す程度だろう。

「外の空気を吸って、事件を整理しようじゃないか」

と、十津川は、亀井を誘った。

二人は、ホテルを出た。乗客の無事も確認されたためか、町は平穏を取り戻している。

　呟くように、十津川は口にする。

「深町は、奇兵隊の名誉の回復を訴えたところで、勝ち目なんて、ほとんどないことは、わかっていた筈だ。何回繰り返しても政府が、これまでの対応を変えることは考えられない。政府にとって、奇兵隊への対応は、すでに終っているし、これ以上、奇兵隊に対する態度を手厚くする筈はないんだ。それなのに、何故、奇兵隊に対する態度を変えろというのか。もうその時期はすぎているんだ」

「みんなが奇兵隊のことを忘れてしまっているので、もう一度、一般の人々に、新しく奇兵隊を、知らせようとしているんじゃありませんか」

　十津川はそれには答えず、黙って歩く。

　黙って歩いている距離が長くなる。

「何を考えているんですか？」

　しびれを切らして、亀井が、立ち止ってきく。

　十津川も立ち止った。

「深町克彦は、奇兵隊の名誉を回復するために、今回の事件を起こしたといっている。それが一つ目の動機だろう」

「そうでしょう。納得のいく理由ですよ」

「もし、SLやまぐち号を消す事件が失敗に終ったとしても、深町は、黒岩太一郎を誘拐しただろうか？」

「深町の二つ目の目標は、曾祖父である深町法眼の恨みを晴らすことですから」

「深町にとって、どちらが大事なことかわからないように思えることがある。ひょっとすると彼自身も、どちらが目的なのかわからないんじゃないだろうか」

「曾祖父にまつわる、個人的な恨みよりも、奇兵隊の名誉のほうが大切でしょう。三十二人の祖先たちの怒りもあります」

「私も、最初は、そう思っていた。ただ、SLやまぐち号を盗んだ容疑と、誘拐では罪が違い過ぎる。割に合わないんだよ。個人的な恨みで、誘拐までするだろうか」

「たしかに、そうですね。深町家にとっては、そんなに大事なことなんですかね。私たちには考えられない。ただ単に作戦のミスを指摘されただけのことでしょう。それを百五十年も持ち続けるなど、まず無理ですよ」

と、亀井は、いう。

十津川は、今回の事件を、今までこう考えていた。

深町は、アメリカで成功したものの、曾祖父が御典医でありながら、奇兵隊に入った歴史を大切に考えていた。

そこで、深町が音頭を取って、奇兵隊の名誉回復のために、事件と民事裁判を起こした。と同時に、曾祖父を侮辱した黒岩竜太郎の子孫である黒岩太一郎を誘拐した。

作戦ミスを、毛利一族の黒岩竜太郎に嘲笑された。

それは、御典医だった曾祖父にとって身を切られる恥辱だった。

だから、深町の曾祖父は、馬に飛び乗ると、征長軍の中に突っ込もうとした。

そのまま、ただ一騎で突っ込んでいたら、間違いなく死んでいただろうし、笑い者にされていただろう。

それこそ、一代の恥辱だったのだ。

何年かかっても、その恥辱は晴らさなければならないのか。

理屈は通る。だが、深町は、「怨念ではない」といっている。

ここまで考えて、十津川は自分が重大な誤りを犯していることに気がついた。だから、三十二人が5号車から出てきても、黒岩太一郎だけは姿を見せなかった。

死んでしまっている可能性も考えていた。

だが、黒岩太一郎は、公職である、代議士をしている。

公職にある人間にとっての制裁とは、死ではなく、生きたうえで、恥辱を味わわせることではないか。

（だとすれば――）

黒岩太一郎は、まだ、死んでいないかもしれない。

最初から、何処か別の場所に移されて、監禁されているかも知れないのだ。

（おそらく、黒岩太一郎は、何処かで生きている）

生きているとしたら、どんな恥をかかせるつもりなのか。

深町の曾祖父が受けた屈辱と同じような目に、あわせようとしているのか。

だが、深町は、今、黒岩太一郎が何処にいるか、決して明かさないだろう。十津川が、真相を匂わせることをいっても、深町は黙っている。

時間が、経つのを、ただじっと待っているのだ。

「私の想像が当っているとしたら、黒岩太一郎は、何処かで、生きている。痛めつけられているかもしれない。どうやって助け出したらいいか、考えてくれ」

と、十津川は、いった。

「生きたまま、痛めつけられていると警部は思っておられるんですか？　果して、そんなことをするでしょうか。何といっても相手はサーブの社長です」

「深町は、怨念ではない、といっているしな。奇兵隊のためだけに、アメリカでの成功者が、事件を起こすということ自体が、おかしいんだよ」

「奇兵隊の子孫のためというなら、何億円かの金を今、子孫たちに提供すれば、よほど喜ぶはずです。やはりわかりませんね。警部、もう一度、深町のところへ行きますか」

と、亀井がきいた。

「釈放はされたが、山口県警の監視がついた状態で、あのホテルに宿泊し続けているんだろう」

「その部屋を一時、明けさせましょう。部屋の清掃だといえば、立ち退かざるを得ないでしょう」

と、亀井はいった。

「深町は、証拠らしきものは、何も残していないと思うがね。彼は、完璧主義者だからな」

「それでもいいじゃありませんか。われわれが、黒岩を誘拐した事件の真実へと、迫っていることを、思い知らせてやりましょう」

「それも悪くないな」

と、十津川はやっと笑った。

第七章　国家の裏切り

1

十津川と亀井は、深町が滞在するホテルを訪れていた。

「部屋の掃除をする」という名目で、深町克彦をいったん、退室させてだ。

亀井と二人で、調べてみたが、地名を書いたものや地図はなかった。

そうした物は、最初から見つからない、と考えていたから別に、落胆はしなかった。

十津川たちが、この部屋に入っていられる時間も限定されている。

「あと一時間で、この部屋の主が帰ってくる。それまでに、手がかりを見つけたい。もしくは、何か細工をしておこう」

と、十津川はいった。

「何を残しておくんですか。深町が黒岩太一郎を誘拐した、というわれわれの考えが当っているとしても、私たちはその監禁場所を知りませんよ」

と、亀井が、いう。

「黙っていたんだが、5号車を一人で調べたんだ。多目的室に、地図らしきものが残されていたんだ。深町は、その地図の場所に、黒岩を監禁しているはずだ。深町を不安にさせるために、もっともらしい地名を書いて、置いておこうじゃないか」

喋りながら、十津川は、手帖に、山口の地名を書いて、それを破り捨てていく。

十津川の独自捜査と推理を聞いて、亀井は驚いている。

「カメさん、君も書きたまえ。どの地名でも構わない」

そういいながら、十津川は相変らずペンを動かし続けていた。

亀井も、山口を中心に地名を書いては、自分の手帖をひきちぎる作業を繰り返した。

部屋は、花園のようになった。乱暴な字で書いた紙きれが部屋中に散らばっていた。

深町がこれを見てどう思うかである。

深町が黒岩を監禁しているというのは、あくまでも、十津川の推理であって、実際には、何も起きてはいないのかも知れない。それでも二人は書いた。

十津川と亀井は、外に出ると、近くの小高い丘に向って、全速力で走った。

息をはずませて、その場に座り込むと、二人は腹這いになって、深町が滞在するホテルの窓を見つめた。

深町が、部屋の鍵を渡されて、部屋の中に入った。

これからが勝負だ。

部屋一杯に散らばった紙片を見て、行動を起こせ、と祈った。

もちろん、十津川たちが掃除という名目で部屋から退出させたことは、知らないはずだが、そのくらいのことは、深町は、先刻承知だろう。

掃除という口実で、部屋の様子を調べるのは、刑事がよくやる手だからだ。

問題は、紙片に対する反応である。

騒いでいる様子はない。

(何が起きたかを考えているのだろう)

「深町が窓に顔を近づけて、誰か見ていないか、窺(うかが)っていますね」

と、亀井はいった。

「たいていの人間が同じ反応を示すよ。問題は次の反応だ」

と、十津川は、いった。

十津川は、腕時計の秒針の動きを見つめた。

一秒、二秒、十秒、二十秒——。

動きはない。騒ぎ出す気配はない。

「窓のカーテンを、閉めてしまいましたよ」

と亀井が、いった。

「深町は、部屋の中で、何をしているんでしょうか？」

「われわれは、山口のいろいろな場所を書いておいた」

「私は、山口以外の場所も、書いておきました」

「深町は、今、黒岩を監禁している場所が書かれていないかを、必死に探しているんだ。深町が動き出すのを待とうじゃないか」

と、十津川は、いった。

2

深夜になって、深町克彦のいるホテルに車が横付けされて、一人の男が、車に乗り込んだ。

十津川の指示で、あらかじめ、警察の警備は外してあった。

十津川と亀井も、車で、あとをつける。

行き先は、京川村だった。

かつての京川駅の駅舎に車が止った。男が入っていく。

しばらくして、十津川たちも、駅舎に近づく。

駅舎は改造され、おみやげなどが売られているが、駅員の仮眠室があったスペースは、そのまま残っている。

扉の前に立つと、二人の男の話し声が、聞こえた。

「深町さん。今回の事件があって、私は、いろんなことを知った。SLやまぐち号の乗客や、奇兵隊の子孫という人たちが、ここへきて、その歴史を語っていった。私の祖先が、京川村出身の、京川小介であること。奇兵隊が、解散後、ひどい待遇をうけたこと。この町で、処刑されたものもいたこと。元藩主は、その後、賠償を求める裁判で、一切の責任を認めなかったことなどです」

「黒岩さん、奇兵隊の歴史の真実を知ってくれましたか」

「ええ。そして、奇兵隊にいた者たちの名誉回復に、深町さんが奔走していたことを知り、私の考えが、浅はかだったことに気が付きました」

「かつて、あなたは、こう発言していた。『山口県を長州と呼ぶことをもうやめませんか？　新しい時代には、ここ山口が、九州と韓国を入れた新しい経済圏の中心になっていくべきだ。令和の時代に、長州という呼び名は必要ない。我々代議士は、山口のことを超えて、国家のことを考えるべきなんです。そうすれば、国家が私たちを守ってくれるのです』と語っています。この考えを変えてくれますか。将来、国を背負っていく政治家だからこそ、こんな安易な考え方はしてほしくなかった」

「奇兵隊の末路を知れば、権力者や国家はときに、私たちを裏切ることがわかります。そうさせないため、私は代議士でいるつもりです」

「ありがとう。私も、奇兵隊のことを認めない国家と、闘い続けるつもりだ。あなたに考えを変えてほしくて、誘拐し、巻き込んでしまって悪かったと思っている」

「SLやまぐち号に乗った武士(サムライ)たちの一人に、私を加えてほしい」

暫(しばら)く、沈黙が続いたあと、深町が、こういった。

「そこで聞いている、十津川さん。こちらへいらしたらどうですか」

十津川は、驚きながらも、ドアを開けて、かつての仮眠室に入った。

「やはり、あなたが、黒岩代議士を、誘拐していたんですね」

黒岩が、十津川の言葉をさえぎって、いった。

「私は、誘拐などされていない。みずから、この場所へきて、奇兵隊の歴史を学んだのです。この県出身の、代議士として、知るべき歴史を」

「それは違うだろう。深町をかばうのか」

亀井が、いう。

「自分の意志で、この場所にきて、寝泊りをしていた。繰り返しますが、選挙区である山口の歴史と、奇兵隊の歴史を学ぶために、自主的に合宿していたようなものですよ」

十津川は、ふたりを交互にみながら、いった。

「そういうことなら、黒岩太一郎さんを誘拐した事件は起きていない、ということになりますね。私は、自分の仕事を増やしたくありません。深町さんが主導し、ＳＬやまぐち号を盗んだ罪については、これから裁判になるでしょうが」

十津川が、こう続ける。

「国家と個人の関係は、考え方がいろいろあるでしょう。私が、一番好きなのは、『契約』という言葉です。契約社会、契約国家です。今のところ、それが、わかり易いのは、アメリカ社会でしょう」

深町が、口を開く。

「私がアメリカにいて感じたのは、人間にとって、最大の裏切りは、『国家による裏切り』、ということです。国民は、さまざまな不満を、国に対して、持っている。しかし、何処かで、最後は、国を信じている。たとえば、中東の空港で、テロリストに拉致されても、いつか母国が助けに来てくれるという思いです。アメリカ人は、個人がアメリカという国家と契約している、と感じています。だから、国家が危険にさらされたら、義務として、兵士として戦う。それが契約である。その代り、アメリカ国家も、国民を絶対に守る。それが国家側の契約です」

日本人の感覚では、契約という言葉は冷たく聞こえるが、十津川は、実際には、強い絆で結ばれていると、感じている。

契約とは、絶対に守らなければならぬという約束でもある。

「私が好きな、あるアメリカの映画があるんです」

と、十津川が話しはじめた。

戦争中、一人の兵士が、戦場で行方不明になる。無名の兵士である。

そこでアメリカは、この兵士を探すために、一分隊八人を戦場へ派遣するのである。

危険な未知の戦場にである。

それこそが、契約なのだ。生死不明の兵士一人のために、八人の兵士を危険にさらすのである。

（割りに合わない）

と、日本人ならまず、考えてしまうだろう。

すでに、日本人なら戦場で死亡しているかも知れない兵士である。八人全員がそのために、死亡したらどうするのか。日本だと、こんな無謀な命令は出さないだろう。

だが、アメリカは、八人の分隊を、戦場に送り出すのである。

これが、国家と個人の契約なのだと、映画は教えてくれている。

もちろん、八人は、平凡なアメリカ人だから、ブツブツ文句をいうが、それでも未知の戦場に、自分たちの知らない兵士を探しに出かけるのだ。そして、しばしば、危険な目にあいながらも、生きていた兵士を探し出し、連れて帰る。

日本なら、多分、行方不明になったのは、自己責任であり、自力で帰還せよ、ということで終りだろう。危くなったら、自害せよかも知れない。

この映画の話を、深町と黒岩に伝えて、

「私は、いい映画だと思う」

と、十津川は、いった。

深町も、口を開く。

「私が暮らしていたアメリカでは、戦争が激しくなれば、この契約は、もっと、緊密なものになります」

「どんな風にですか？」

黙って聞いていた黒岩が、たずねた。

「兵士ひとりひとりの安全を、国家が確保する契約になります。太平洋戦争で、アメリカと、日本の間に、契約で如実に差が出ました」

こう話す、深町の言葉に熱がこもり、続ける。

「例えば、戦場が、ソロモン諸島の上空だとする。ゼロ戦との空中戦で、アメリカ軍の戦闘機は何度も海に落ちたが、アメリカ軍は、兵士たちを、全力で助けた。島のまわりにアメリカの潜水艦が何隻も配置されており、海に落ちた兵士を、救助する。戦場が山岳地帯であれば、そこにスパイを何人もひそませておいて、負傷兵を助ける。『国が兵士を絶対に助ける』という契約を守るのです。だから、アメリカのパイロットは、安心して出撃することができたのです」

「日本側は？」

「全くやらなかったでしょう。潜水艦も配置できなかった。戦後、高級参謀がそのことに触れて、日本の敗因の一つだといっている。自己責任で、基地に帰還せよ、という方針のため、ベテランパイロットが、次々に命を失った」

「契約を守らなかった？」

「いや、日本には、国家と個人の間に、そういう考えがないんでしょう」

黒岩は、すこし厳しいことをいった。

「深町さんの今回の裁判でも、同じようなことで終りそうですね」

深町は、無言だった。

「私と、亀井刑事は、これで引きあげますが、SLやまぐち号を盗んだ容疑の刑事責任については、深町さんはきちんと責任をとってください。そして、国を訴えた、奇兵隊の名誉を回復する民事訴訟については、あなたがたの幸運を、心から祈ります」

こういって、十津川たちは、この場を去った。

3

滞在先のホテルへと戻る車内で、十津川は亀井に、こう提案した。

「SLやまぐち号が通る、国道9号を通って戻らないか」

「いいですね。そうしましょう。それにしても驚きました。自分の財をなげうっても、故郷のため、祖先のために、働くひとがいるんですね。私が不思議なのは、深町は、裁判をせずに、遺族たちに、お金をくばればよかったんじゃないですか？　たとえば、今回の事件に使った『サーブ』の資金二億円も、あったわけでしょう」

「かつて、裁判を起こして、負けている人たちがいるんだ。だからこそ、深町は、裁判で決着をつけたい、と考えたんだろう。たとえ、勝ち目がないにしても。そして、世論をひきよせるために、奇兵隊の末裔三十二人が闘った、ということなんだよ」

名草駅から長門峡駅を越えると、ＳＬやまぐち号の線路は、国道９号と並走する。

この先、篠目駅を過ぎたあとは、深い山々に囲まれた山岳区間である。トンネルをいくつか抜けると、仁保駅だ。

この先にある深い山に、盗まれたＳＬやまぐち号の５号車が、置かれていたのだ。

ＳＬが主流を担っていた時代は終りを迎え、全国から、ＳＬの姿が消えた。

だが、山口線では、昭和五十四年に、ＳＬやまぐち号が復活した。

新山口駅を出発し、山陰の小京都・津和野まで、六十二・九キロを走る。

人々は、ＳＬの復活をとても喜んでいる。

奇兵隊の歴史は、もう一度、見つめなおされるのだろうか。

亀井は、いう。

「地元の建設業者たちは、ＳＬやまぐち号を隠しておくために、掘られた穴を、元に戻すこと、そのために設置した引込線を撤去することなど、そういった作業のすべてを、無償でやるらしいですよ。深町のためなら、ということのようです。彼は、支持されているんですね」

「考えを変えた黒岩代議士が、どのように政治活動をするのかも、楽しみではあるよ。それを確認するためにも、私も、休みを取って、SLやまぐち号に乗って、京川村も訪ねてみようか。妻も、柿沼美代子の手紙を読んで、京川村にいきたいと思っているだろうしね」

「警部、それはすごくいいんじゃないですか」

「私は、柿沼美代子のような恋文は書けないが、5号車に乗って、妻と二人で旅をするのも悪くないだろう」

本作品には実在する地名、人名、団体名が登場しますが、ストーリーや浜京線、ＳＬやまぐち号の車両編成についてなどはすべてフィクションです。

今作は、単行本化にあたり、「オール讀物」連載時の原稿と未掲載の原稿に、最低限の修正をいたしました。

文春文庫

SLやまぐち号殺人事件（ごうさつじんじけん）

定価はカバーに表示してあります

十津川警部（とつがわけいぶ）シリーズ

2025年3月10日　第1刷

著　者　西村京太郎（にしむらきょうたろう）

発行者　大沼貴之

発行所　株式会社　文藝春秋

東京都千代田区紀尾井町 3-23　〒102-8008
TEL　03・3265・1211㈹
文藝春秋ホームページ　https://www.bunshun.co.jp

落丁、乱丁本は、お手数ですが小社製作部宛お送り下さい。送料小社負担でお取替致します。

印刷製本・TOPPANクロレ

Printed in Japan
ISBN978-4-16-792343-3